KB015408

8클래스 마법사의 회귀

WISHBOOKS FANTASY STORY

류송 판타지 장편소설

8클래스 마법사의 회귀 5

류송 판타지 장편소설

초판 1쇄 찍은 날 | 2017년 7월 25일
초판 1쇄 펴낸 날 | 2017년 8월 1일

지은이 | 류송
펴낸이 | 예경원

기획 | 위시북스
편집책임 | 박우진
편집 | 이즈플러스

펴낸곳 | 예원북스
등록번호 | 제396-2012-000132호
등록일자 | 2012. 7. 25
KFN | 제1-134호

주소 | 경기도 고양시 일산동구 호수로 646-24 위너스21II 빌딩 206A호 (우)10401
전화 | 031-819-9431 팩스 | 031-817-9432
E-mail | yewonbooks@naver.com

ⓒ류송, 2017

ISBN 979-11-6098-385-2 04810
      979-11-6098-168-1 (set)

※ 파본은 구입하신 서점에서 교환하여 드립니다.
※ 저자와 협의하여 인지를 붙이지 않습니다.
※ 이 책은 예원북스와 저작자의 계약에 의해 출판된 것이므로 무단 전재 및 유포, 공유를
   금합니다.
※ 이 도서의 국립중앙도서관 출판시도서목록(CIP)은 서지정보유통지원시스템 홈페이지
   (http:seoji.nl.go.kr)와 국가자료공동목록시스템(http:www.nl.go.krkolisnet)에서 이용하실 수
   있습니다.

8클래스 마법사의 회귀

마법사의 회귀

5

류송 판타지 장편소설

WISHBOOKS FANTASY STORY

Wish Books

8클래스 마법사의 회귀

CONTENTS

1장
스승과 제자?

이안의 수련 상대로 두들겨 맞던 시절, 용아병 스파르토이는 기이한 꿈을 하나 꿨다.

　그 꿈의 내용을 페어리 퀸과 상의해 볼까 말까, 오랫동안 고민했으나, 끝끝내 털어놓지 않았다. 대신 권속의 영향이 사라져 버린 지금 혼자서 알아볼 참이었다. 꿈속에서 목격했던 모든 것, 그 참담한 광경의 진실을 말이다.

　(헛것…… 이겠다만…….)

　그는 반년에 가까운 시간을 오직 영혼의 모습으로만 움직였다. 육신이 없어서 그럴까, 빠르기도 제법 빨랐다. 비행까지 가능했다. 단지 실체가 없어 이동 말고는 아무것도 할 수가 없을 뿐.

(그래도…… 확인을…… 해둬야…….)

용아병 스파르토이의 영혼이 어느 지점부터 하늘을 향하기 시작했다. 올라가고, 올라가고, 또 올라갔다.

(어쩌면…… 그분들의…… 행방을…….)

얼마나 높이 올라갔을까?

구름보다 높은 곳까지 닿았다.

그 높이에서도 한참을 더 움직였다.

(알아낼 수…… 있을지도…….)

이윽고 용아병 스파르토이의 영혼이 도달한 지점, 그곳에는 놀랍게도 널따란 땅덩어리가 부유하고 있었다. 잡티 하나 없이 평평한 평야였으며, 아무런 생명체도 느껴지지 않았다.

(이곳……?)

용아병 스파르토이의 영혼이 평야에 들어섰다. 그리고 놀랄 수밖에 없었다. 꿈에서 목격했던 부유의 평야가 확실했으니까.

(설마…….)

아예 부유의 평야 속으로 스며 들어간 용아병의 영혼. 당장 확인해 볼 것이 있었다. 꿈에서 본 모든 광경이 사실이라면, 그렇다면 이 땅속 어딘가에는 분명히!

(그분들의…….)

스파르토이의 목소리가 거기서 끊어졌다. 대신 부유의 땅 전체가 흔들렸다. 뿐인가? 무언가 평야 위로 튀어나오기 시작했다. 그것은 바로 용아병 스파르토이의 '육신'이었다.

쿠구구구구······.

하나 평야 위로 뛰어나온 육신은 하나가 아니었다. 이안이 드래고니안 에반투스를 상대하며 소환했던 용아병 육신들, 당시의 머릿수보다 훨씬 많은 육신이 끝을 모른 채 기어 나왔다.

(······.)

스파르토이가 자신의 수많은 육신을 바라봤다. 그는 분명 꿈속에서 이 부유의 땅을 봤다. 정확히 말하자면 이 땅에서 일어났던 사건을 목격했다. 자그마한 인간에게 수많은 드래곤들이 속수무책으로 죽어 나가는 광경 말이다.

(절반······.)

그 인간에게 당한 드래곤들은 모두 이 부유의 땅 아래 묻혔다. 숫자가 거의 드래곤 일족 중 절반에 해당할 정도였고, 스파르토이는 바로 그 여부를 확인하고자 여기까지 온 거다.

(그분들의······ 절반······ 이상······.)

그리고 방금 확인해 본 결과, 꿈은 모두 사실인 것 같았다. 본디 스파르토이의 육신은 드래곤의 뼛조각으로부터 만들어지는 존재, 그러한 육신을 이렇게나 많이 불러냈다. 무엇을 뜻하겠는가? 수많은 드래곤의 뼈가 묻혀 있단 얘기였다.

(이곳에······.)

그렇다. 구름보다도 높은 곳을 노니는 부유의 땅, 이 널따랗고 두툼한 대지의 정체는 바로 '무덤.' 하늘을 하염없이 떠도는, 드래곤 일족 중 일부가 매장된 무덤이었던 것이었다.

"여왕님. 스파르토이 님은 어디에 계시죠?"

(알게 뭐냐? 갈 곳도 없는 놈이긴 하다만.)

"에반투스 님께서도 전혀 모르십니까?"

(모른다. 그는 예전부터 방랑자의 면모를 풍겼었지.)

(흥! 방랑자는 무슨, 친구가 없는 거겠지! 친구가!)

이안은 밀린 업무나 약속들을 하나하나 처리해 내기 시작했다. 그 시작으로 페어리 퀸과 에반투스에게 해줬던 약속, '드래곤'을 만나게 해주겠다는 약속을 지켰다.

물론 진짜 드래곤이 아닌 드래곤의 정신체일 뿐이지만, 그것만으로도 충분하리라.

"뭐, 어차피 두 병이 한계니까요."

남은 재료, 특히 가고일의 눈이 부족한 탓에 시간의 보고로 진입하는 비약을 두 병밖에 만들어내지 못했다.

하여 페어리 퀸과 에반투스만 다녀오게 되었다. 물론 이안도 당장 드래곤을 만나고 싶지는 않았다. 여러모로 의심스러운 존재였으니까.

"먼저들 다녀오세요."

비약을 마시고 시간의 보고로 들어갔던 페어리 퀸과 드래고니안 에반투스, 그들은 현실의 시간으로 오십여 일이 지나고서야 돌아올 수 있었다.

이안이 백여 일을 그곳에 있었음에도 일주일이나 이주일, 길어봐야 삼 주일 정도로 체감했듯, 두 권속 역시 일주일쯤으로만 여겼다. 한데 오십 일씩이나 지났다니? 페어리 퀸의 큼직한 두 눈이 동그라미를 그렸다.

(오십 일이나 지났다고? 설마 그럴 리가!)

"사실입니다. 그 안이 좀 이상하더라고요."

페어리 퀸은 시간의 보고에 머물렀던 오십여 일 내내 울기만 했는지, 눈가가 아주 퉁퉁 불어터졌고.

(그럼 나는 서둘러 가고일의 행방부터 찾도록 하겠다.)

에반투스는 곧장 움직이기 시작했다. 세상에서 사라진 가고일을 찾아야만 시간의 보고로 통하는 비약을 계속 조제할 수 있는 탓이었다. 자식들의 수명이 걸린 비약이니만큼 어느 때보다 적극적으로 움직였다.

(그, 그럼 난…….)

페어리 퀸이 쭈뼛쭈뼛 이안에게 날아왔다. 그녀는 에반투스와 달리 아직 권속의 힘으로부터 자유로웠다. 원하지 않는다면 사용하지도 않겠다는 이안의 배려 탓이었다. 물론 필요한 상황이 닥치면 그 배려 또한 바뀌겠으나, 아직은 유효했다.

(그분께서 그러시더구나. 인간, 네놈을 도와주라고.)

"그 드래곤의 정신체가 말입니까?"

(무엄하다! 아무리 정신체라 한들 그분께서는 모든 권속의 주인이시자 용일족의 수장, 예의를 갖추어라!)

"그분께서 왜 저를?"

호칭만 간단히 바꾼 이안이 물었다.

(나 따위가 그분의 깊고 심대한 뜻을 어찌 알겠느냐? 하지만 그분께서 명하셨으니, 나는 앞으로도 당분간 네놈의 부탁을 들어주도록 하겠다. 네 가족을 지키는 일, 그것이면 되겠지?)

항상 오만한 태도로 일관하는 페어리 퀸이다. 그런 그녀가 자신을 저토록 낮출 줄이야. 과연 드래곤은 드래곤인 모양이다.

"네. 그거면 충분합니다."

(권속의 주문을 걸어도 좋다.)

"진심이십니까?"

(이왕 돕기로 정해진 것, 그렇다면야 권속의 힘에 묶이는 것이 여러모로 편하다. 그 힘은 명령에 복종하는 능력 외에도 몇 가지 효과가 더 있거든. 예를 들자면, 이런 것이니라.)

페어리 퀸이 조막만 한 날개를 파닥거렸다. 이안의 어깨 위로 빙글빙글 도는가 싶더니 곧 분홍빛 가루가 떨어졌다. 페어리 더스트, 그중에도 독보적인 '페어리 퀸의 더스트'였다.

(이 몸의 가루에는 단지 마기를 정화 시키는 권능만 주어

진 것이 아니란다. 권속의 주인이 나의 가루를 품에 한 톨이라도 지니고 있는 이상, 그 위치의 방향과 생명력의 대략적인 상태가 나에게 전달되느니라. 본래 그분들을 더 완벽하게 보좌하고자 존재하는 권능이다만, 지금은 네놈에게도 유용하게 써먹을 수 있을 것 같구나.)

생각보다 편리한 능력이었다.

또한, 그렇기에 의구심이 생겼다.

"그 능력으로도 드래곤의 행방을 찾지 못했던 겁니까?"

(네놈이 시간의 보고로 들어갔을 때와 똑같은 경우다. 본디 그분들로부터 느껴져야 할 권능의 영향이 어느 순간부터 사라져 버렸다. 하여 그분들의 위치와 생명도 느낄 수가 없게 되었지. 어디까지나 권능의 주인에게만 발휘되는 힘이니까.)

충분히 납득할 만한 대답.

이안이 고개를 끄덕였다.

'드래곤을 완전히 믿을 수는 없다만.'

적어도 그들의 권속들은 당장 유용하게 써먹을 수 있다.

더불어 그 보고 속의 정신체, 즉 천여 년 전의 드래곤과 현재의 드래곤은 다를 것 같다는 생각도 들었다. 예컨대 시간의 보고 속 정신체가 '멀쩡했던 시절의 드래곤'이라면, 라그나르를 처리할 때 만났던 골드 드래곤은 몇몇 사정과 기나긴 세월 끝에 '변질되어 버린 드래곤'이라고 표현할 수 있으리라.

'확실히 느낌 자체가 다르긴 했어.'

특유의 감과 추측만으로 모든 것을 판단해야 하는 현 상황. 썩 마음에 들진 않았지만, 어쩔 도리도 없었다. 적어도 현재의 이안으로서는 불가항력이나 마찬가지였다.

"좋습니다."

생각을 멈춘 이안.

그가 나지막이 답했다.

"대신 나중에 딴소리하시면 안 됩니다. 저는 분명 여왕님을 속인 적도, 주문을 몰래 걸지도, 약점을 잡아 강요하지도 않았으니까요."

(속고만…… 아니지. 속이고만 살았느냐? 예민하구나.)

"정확하시네요."

이안이 의미심장하게 웃었다.

전생에는 참 많이도 속았다.

이번 생에는 참 많이 속였고.

"그럼."

황금빛 마나가 페어리 퀸의 전신을 휘감았다. 더불어 거부할 수 없는 권속의 영향이 이안과 그녀 사이에 연결되었다.

(예전부터 느끼는 거다만, 그분들 외의 존재에게 복종심이 생기는 이 느낌, 참으로 불쾌하도다. 심지어 인간이라니.)

"다시 말씀드리지만, 나중에 딴소리……."

(알겠다니깐? 누가 불신의 족속 아니랄까 봐!)

언제는 단명의 족속이라더니, 이제는 불신의 족속이란다. 어찌 되었든 페어리들의 여왕 에스펠, 그녀 또한 길지 못했던 자유에서 벗어나 다시금 이안의 권속으로 돌아왔다.

"그럼 앞으로도 가족들, 잘 부탁드리겠습니다. 여왕님."

(부탁하든지 말든지.)

가장 시급한 일은 마무리되었다. 다음으로 처리해야 할 문제는 바로 '재산의 정리'였다. 현재 이안의 재산이란 그야말로 무지막지했다.

옛 상아탑의 터에서 가져온 보석들은 물론, 황제가 이안에게 처분을 떠넘겨 버린 전 상아탑주의 사유 재산, 거기다 헥토르 콜드우드의 조공 중 일부를 차지한 귀금속까지.

'황제가 남긴 말도 있고.'

적어도 황제가 이안에게 시험처럼 맡겨둔 허버트의 재산, 그것들만큼은 반드시 조속한 시일 내에 처분하고 싶었다. 문제야 있겠냐만, 이대로 계속 꿀꺽하고 있기에도 조금 불편한 재물이었으니까.

'다 어찌 처리한다?'

허버트가 몰래 모아둔 아티팩트나 마법 물품은 상아탑과 황실에 귀속시키면 그만일 터. 핵심은 근본적인 재산이었다.

'모양새 좋게 처분해야 할 텐데.'

문제는 그 모양새가 이안 자신과 어울리지 않고, 그럴 시간도 없거니와, 방법 또한 알지 못한다는 점이다. 막연히 어려운 이들에게 베풀며 민생의 안정을 도모하는 새 상아탑주의 모습? 황제가 원하는 그림이야 분명 그런 쪽일 테지만…….

'해본 적이 있어야지.'

전생의 이안은 백성들의 삶에 큰 관심이 없었다.

아니, 그럴 기회가 없었다고도 얘기할 수 있으리라. 피붙이는커녕 친구조차 손가락으로 꼽혔던 전생, 그마저도 통일 전쟁 당시 대부분을 잃어버렸고, 마지막 남았던 친구 라그나르에게는 독살이나 당해 버렸던 인생 아니겠는가?

'좁아터진 인간관계의 절정.'

마음 둘 곳이 적으니 마법에만 매달렸고, 그나마 마음 둘 수 있는 친구의 야욕을 도와 전쟁 병기로 소모되었던 첫 번째 삶, 그 42년이란 세월은 그게 전부였다.

'믿고 맡길 사람이 있었으면 좋겠는데.'

이안이 저택을 빙 둘러봤다.

마침 어머니의 모습이 보였다.

웬일로 바느질에 한창이셨다.

갑자기 무얼 만드시는 걸까?

'확실히 어머니라면…….'

이안의 어머니 베네사 페이지, 그녀는 아주 선한 존재다. 어떻게 자신과 같은 자식이 태어났을지 모를 정도로 순백의 심성을 가지셨다. 적어도 이안이 아는 인물 중 '어려운 사람들을 돕는다'라는 개념에 가장 가까운 존재이기도 했다.

'적어도 나보다는 수백만 배 이상으로.'

애당초 이안에게는 어울리지도 않거니와, 억지로 해봤자 가식이며 모순에 불과하다. 그런 선행을 진심으로 할 수 있는 사람에게 맡기는 편이 옳다. 현재로썬 어머니가 가장 어울렸다.

'하지만 어머니께서도 방법을 모르시지.'

마냥 거액의 돈을 던져주며 어디 착한 일에 쓰십시오, 할 수도 없는 노릇 아니겠는가? 일의 진행을 도와줄 사람이, 그 방면으로 지식이 풍부한 존재가 필요했다. 누가 좋을까?

"아."

이안이 허벅지를 탁 쳤다.

한 사람, 떠오르는 이가 있다.

'공주, 하이리 그린리버.'

그녀는 공주의 신분을 가졌다. 그런 만큼 할 일이 별로 없다. 그런 주제에 아는 건 상당히 많다. 황족으로서 지켜야 할 의무, 그중에는 민생의 보살핌도 반드시 들어갈 테니까.

'마침 부려먹기도 좋은 위치지.'

무려 이안의 '제자' 아니겠는가? 심지어 공주 본인이 자처한 관계이기도 했다. 아직 한 번도 무언가를 가르쳐줘본 적은 없다만, 이제 뭐가 되었든 시작하면 그만이리라.

'마나 호흡법이라도 하나 던져주면 된다.'

그리 생각한 이안이 자리에서 일어났다.

생각난 김에 바로 얘기해 볼 참이었다.

처음에는 텔레포트를 떠올렸다.

하나 곧 생각이 바뀌었다.

'텔레포트는 좀 실례일까?'

아무리 그래도 상대는 황족이다.

심지어 여인, 공주이기도 하다.

'오래간만에 걷자.'

고개를 주억거린 이안.

그가 곧장 황궁으로 향했다.

오래간만에 로브도 벗어던졌다.

제대로 된 복장을 갖추기 위함이었다.

"하아아……."

이안 페이지의 제자 자리를 얻어낸 공주, 제국 제일의 '미녀 하이리 그린리버'는 심장이 콩닥거렸다. 적어도 몇 주 전까지는 그랬다.

곧 이안 님께서 제자가 된 자신에게 어떤 언질을 주시겠지. 그래, 아직은 바쁘시겠지. 처리할 일이 산더미 같으시겠지. 그런 믿음과 함께 연락을 기다린 지도 어느덧 수달 째.

'도대체 언제?'

그러나 기다리고 기다렸던 위대한 스승님의 연락은 계절이 바뀌어도 찾아오지 않았다. 덕분에 한숨만 늘었다. 먼저 찾아가 볼까, 연락을 취해볼까도 싶었으나, 이내 고개부터 저어졌다.

'그건 너무…….'

구차해 보이지 않겠는가?

안달이 난 것처럼 보이겠지.

공주 하이리가 미간을 찡그렸다.

아름다운 얼굴에 주름이 그려졌다.

'설마, 잊어버리시진 않았겠지?'

이안이라면 그럴 것도 같았다. 아주 냉랭한 남자가 아니던가? 황실에서 공주의 입지는 아주 적다며, 하고 싶은 일이나 하라며 오목조목 직언하는 모습이 아직도 머릿속에 맴돌았다.

'그래서 더 매력적인 거지만…….'

거기까지 생각했던 그녀의 얼굴이 붉어졌다. 특정한 누군가를 생각하며 이리 설렌 적은 단언하건대 처음이었다.

'……그러면 뭐해! 잊어버리신 게 분명한데!'

공주의 속내가 싱숭생숭해진 그때.

친구나 다름없는 하녀들이 들어왔다.

"고, 공주마마!"

무슨 문제라도 일어난 걸까? 유독 소란스러워 보이는 하녀들의 모습에 공주가 희고 갸름한 얼굴을 갸웃거리며 물었다.

"왜들 그래? 무슨 일 있니?"

공주의 말 한마디에.

"때, 때가 왔습니다!"

"그분께서 오셨어요!"

"드디어! 마침내!"

"로브 대신 정복 차림으로!"

하녀들이 저마다 한마디씩 내뱉었다. 너무 동시다발적으로 터져 나온 이야기들이라 그런지 알아듣기조차 힘들었으나.

'이안 님께서 오셨다고?'

공주는 용케도 알아들었다.

정말 용한 재주를 가졌다.

"……얘들아."

상황 파악이 완료된 공주 하이리.

그녀가 하녀들에게 읊조렸다.

사뭇 진중한 목소리였다.

"도, 도와줘!"

공주가 하녀들의 말을 알아들었던 것처럼, 하녀들 역시 척하면 척이었다. 무엇을 도와달라는지 단박에 알아챘으니까.

"맡겨만 두세요!"

머리는 어찌 만져야 하는지.

드레스는 무얼 입어야 하는지.

어울리는 화장법은 무엇인지.

장신구는? 구두는? 향수는?

하이리가 떠올렸던 모든 고민이, 하녀들의 손으로부터 빠르게 해결되어가기 시작했다.

"공주마마, 상아탑주 이안 페이지 공께서 뵙기를 청하고 계십니다."

그렇듯 공주의 준비가 완료될 때쯤.

바깥에서 하인의 목소리도 함께 들렸다.

저 너머에 드디어, 그분께서 도착한 거다.

공주 자신보다 2살이나 어린 스승님.

냉랭한 상아탑주, 이안 페이지가.

"그럼 마마, 저희는 이만 나가볼게요!"

"또 우물쭈물하지 마시고!"

"힘내세요! 힘!"

저마다 응원 한마디씩 해준 하녀들이 자리를 피했고, 곧 기다렸던 스승 이안 페이지가 안으로 들어왔다. 로브를 벗어서 그럴까? 예전보다도 팔다리가 길어진 것 같았다.

"오랜만에 뵙겠습니다. 공주마마."

공주의 심장이 다시금 두근거렸다.

이유까지는 알 방도가 없었다.

아니, 알지만 외면해 버렸다.

"잊어버리신 줄 알았어요."

"아시다시피, 조금 바빴습니다."

"그렇게도 생각했지요. 지금이라도 찾아와주셔서 감사드려요."

공주 하이리가 미소를 지으며 인사했다. 조금 상기된 볼과 반짝이는 눈도 인상적이었는데, 그 모든 행동이 절세의 미와 어우러져 엄청난 파급효과를 이루어냈다. 바라보는 것만으로도 아찔하다, 그런 추상적인 표현이 누구보다 어울렸다.

'대단하군.'

이안이 진심으로 감탄했다.

표현 그대로 순수한 감탄이었다.

작품을 감상하는 느낌과 같았다.

걸작 반열에 오른 예술 작품의 자태.

공주로부터 그러한 느낌이 전해졌다.

"마마와 저는 사제의 연을 맺지 않았습니까? 계속 미룰 수가 없더군요."

잘도 거짓을 늘어놓는 이안이었다. 그는 전 탑주의 재산 처분과 관련된 문제를 떠올리기 직전까지, 공주와의 관계를 떠올려 본 적이 한 번도 없다. 까맣게 잊고 있었다는 얘기다.

"다만 마법이라는 게, 딱히 가르쳐드릴 것이 없습니다. 마마께서 아카데미 학생이었다면 모를까, 이미 3클래스의 반열에 오른 마법사가 아니십니까? 그래서 고민을 좀 해봤죠."

물론 고민 또한 해본 적 없었다. 이래저래 가르치는 시늉만 좀 해보고, 아직 상아탑에 공개하지 않은 마나 호흡법이나 슬쩍 알려주면 그만일 터.

"일단 새로운 마나 호흡법부터 시작하겠습니다."

"그때 그, 흑마법 검사를 해주실 때 말씀하셨던……?"

"맞습니다. 기억하고 계셨군요."

대충 구색이나 맞추려고 했던 이안과 달리, 공주 하이리는 눈까지 초롱초롱 빛내며 경청했다. 쫑긋 세워진 귀로부터 '학구열'이란 단어가 절로 튀어나왔다.

"원래는 상아탑에 공개할 예정이었는데, 워낙 바쁘다 보니 아직은 미공개입니다. 그래도 마마께서 명색의 제자시니까, 조금 먼저 알려드리도록 하죠."

"머, 먼저 말씀이신가요?"

이안은 정말 별 뜻 없이 내뱉은 말이다.

하나 공주에게는 그렇게 들리지 않았다.

'나한테만 먼저…….'

특별대우를 받는 느낌.

그런 느낌이 자꾸만 들었다.

덕분에 웃음까지 흘리고 말았다.

"헤헤."

"갑자기 왜 웃으십니까?"

"아, 아니에요!"

황급히 웃음을 주워 담은 공주.

그녀가 계속해서 귀를 쫑긋 세웠다.

"……호흡법이 다 그렇습니다만, 어려운 점은 딱히 없습니다. 마마께서 가지신 재능이라면 며칠 내로 익숙해질 겁니다."

"저한테 정말 재능이 있나요?"

"아시지 않습니까?"

공주도 안다. 이런 악조건 속에서 3클래스를 달성했다는 것이 얼마나 대단한 결과인지를. 첫 번째 스승인 황궁 마법사 케빈으로부터 귀가 따갑도록 듣지 않았던가?

"그래도……."

공주 자신한테도 재능이 있다는 사실.

그 얘기를 이안에게 직접 듣고 싶었다.

"제가 마마께서 마법사란 사실을 처음 알게 된 경로는 황제의 안식처, 그 지하였습니다. 아마 라이트 주문을 처음 사용하셨던 때로 기억합니다."

"아, 그때!"

공주 또한 그날을 기억하고 있었다. 처음으로 라이트 주문을 펼쳤던 날이 아니겠는가? 그녀로서도 역사적인 날이었던 만큼 뚜렷하게 떠올랐다. 가만있자, 그 날이 분명……

"스승님께서 처음 입궁하셨던 날, 맞죠?"

"맞습니다. 황궁을 구경하다가 거기까지 들어갔는데, 마침 마마와 황궁 마법사분이 들어오시기에 구석으로 숨었죠. 덕분에 봤습니다."

정확히는 '돌 심장 버섯'을 구하려고 들어갔으나, 거기까지 얘기할 필요는 없었다.

"얼마 전까지만 해도, 저는 그때의 기억으로 마마의 재능을 판단했습니다. 많이 성장해 봐야 2클래스 초입, 어지간하면 1클래스도 넘지 못할 것 같다. 그 정도로 말입니다."

공주의 표정이 조금은 시무룩해졌다. 이미 2클래스를 뛰어넘은 3클래스인데도, 이안의 얘기가 정답인 것처럼 느껴진 탓이었다.

"한데 그 예상이 틀렸더군요. 3클래스에 달성하셨다는 얘기를 듣는 순간, 솔직히 놀랐습니다. 마마께서는 제가 생각했던 것보다 훨씬 더 대단한 재능을 가지셨습니다."

이어지는 말에 공주의 표정 역시 제자리를 찾았다. 오히려 처음보다 밝아졌다. 다른 누구도 아닌, 이안의 입으로부터 재능을 확인받았으니까. 실로 듣고 싶었던 얘기였다.

"과찬이셔요. 아무리 그래도 그 정도는……"

"4클래스."

이안이 손가락 네 개를 펼쳤다.

"적어도 4클래스 초입은 가능할 거라 봅니다."

"4클래스라면……."

"고위 마법사의 경지죠."

하이리가 일순간 얼어붙었다. 4클래스의 고위 마법사, 그녀 역시 간절히 바라는 경지였다. 고위 마법사쯤 된다면 자신을 도와줬던 모든 이들, 그들에게 면죄부를 줄 수도 있지 않을까 싶었으니까. 물론 자신이 고위 마법사가 될 가능성은 희박하다고 여겼다. 그런데.

"지, 진심이신가요? 제가 4클래스라니……."

"진심입니다."

이안의 어조로부터 확신이 느껴졌다. 당장 호흡법만 바꿔 줘도 마나의 최대치가 4클래스 초입을 넘보게 될 터, 거기다 술식 계산의 요령까지 귀띔해 준다면 충분하리라.

'재능도 확실하니까.'

물론 이안의 재능에 비한다면야 보잘것없는 수준이겠으나, 그건 너무 불공평한 비교였다. 애당초 이안이 비정상일 뿐, 공주의 재능이야말로 충분히 손꼽힐 만했다.

'동기부여도 탄탄하고.'

이안은 공주가 무엇을 원하는지 알고 있었다. 자신을 스승으로 만들어 불법적인 마법전수의 공범으로 만들어 버린 것도 그렇고, 다 눈에 빤히 보이는 속셈 아니겠는가?

'잘 키워두면 쓸모가 있겠어.'

황족이라는 혈통과 고위 마법사.

여러모로 쓸모가 많은 조합이었다.

그런 제자, 하나쯤 두는 것도 나쁘지 않겠지.

"슬슬 시작해 보도록 하죠. 일단 장소부터……."

"아, 참!"

시작해 보자는 이안의 말에 공주가 손뼉을 쳤다. 무언가 준비해둔 것이라도 있는 모양새였다.

"잠시만, 잠시만 기다려 주시겠어요?"

"무슨 문제라도?"

"아, 아뇨. 문제가 있는 건 아니고……."

공주 하이리가 물건 몇 가지를 가져왔다.

두꺼운 책 한 권, 그리고 한 쌍의 반지였다.

"사제지간의 시작을 기념 삼아 드리는 선물이에요. 이 제자가 스승님께 잘 보이려고 드리는 뇌물이기도 하지요."

그 말에 이안이 고개를 갸웃거리며 자칭 뇌물들을 살펴봤다. 먼저 책은 두껍고 낡기만 했을 뿐, 평범한 책에 불과했다. 반지 역시 마찬가지였다. 아티팩트는커녕 마법 물품조차 아닌 것 같았다.

"뇌물치고는 소소하군요."

이안의 한마디에 공주가 피식 웃었다.

빈말 따윈 절대 없다는 태도, 여전했다.

"정말 그럴까요?"

반지부터 집어 든 공주 하이리.

그녀의 붉은 입술이 스르르 떨어졌다.

"먼저 이 반지는…… 사실 소소한 거 맞아요. 기념 삼아서 제작한 반지거든요. 여기 보시면 이름이 적혀 있지요?"

장식 하나 없이 은으로만 제작된 반지 한 쌍, 그 반지의 안쪽으로는 각각 '이안 페이지'와 '하이리 그린리버'의 이름이 둥그렇게 새겨져 있었다. 말 그대로 기념 반지였다.

"지금 착용하라는 뜻입니까?"

"아, 아뇨! 그냥 가지고만 계셔도……."

이안의 직설적인 물음에 공주가 화들짝 놀라며 대답했지만, 그 대답과 관계없이 은반지를 착용해 주는 이안이었다. 모그리안 링이 자리 잡은 오른손 검지 대신 왼손 약지에 착용했다.

'반지를 왼손 약지에…….'

공주 하이리의 얼굴에 뜻하지 않던 홍조가 피어났다. 그럴 수밖에 없었다. 왼손 약지에 착용하는 반지, 그린리버 제국의 귀족들 사이에서는 뜻하는 바가 제법 컸다. 주로 '약혼반지'를 착용하는 자리였으니까.

"반지가 좀 크군요."

물론 이안은 그러한 의미를 전혀 알지 못했다. 귀족들의 문화나 유행, 알아서 무엇하겠는가? 그저 오른손에 두 개의 반지를 착용 하는 것이 꺼려졌다.

마찬가지로 양손 다 검지에 끼우는 것도 내키지 않았다. 중지는 좀 그렇고, 엄지는 불편했다. 새끼 역시 반지가 커 헐렁거렸다. 단지 그뿐이었다.

"반지는 알겠고, 이 책은 무엇입니까?"

"……."

"마마?"

"반지를……."

"공주마마?"

"아, 네!"

멍해졌던 공주 하이리가 정신을 차렸다.

양 볼이 화끈거렸고, 헛기침마저 나왔다.

설렘과 부끄러움으로 뒤엉킨 반응이었다.

"이 채, 책은…… 그러니까……."

잠시 말문을 더듬거렸던 공주.

심호흡과 함께 안정부터 되찾았다.

"후우우……! 이 책은 제가 얼마 전에, 황실 창고 구석에서 찾아낸 일기에요. 정확히 말씀드리자면 누군가의 일기장을 서책으로 엮은 물건이지요."

이안이 공주의 설명을 들으며 책장을 넘겼다. 설명 그대로 일기였다. 제국력과 날짜로 시작되는 흔한 형식의 일기, 한데 그 숫자가 사뭇 범상치 않았다.

"제국력 221년?"

현재가 제국력 508년이다.

한데 일기의 제국력이 221년이라니.

거의 삼백여 년 전의 일기가 아니던가?

"누구의 일기죠?"

"제 조상 되시는 분의 일기장이에요."

공주의 조상이라면 황족일 터.

무려 삼백여 년 전의 황족이란 거다.

"황족 중 처음으로 마법사의 재능을 타고나셨던 분이셨고, 스승님께서 하사받은 파란 로브의 첫 번째 주인이시기도 해요."

설명은 충분했다.

황족 중 최초로 마법사가 된 존재.

상아탑주의 자리까지 올라섰던 대마법사.

'미첼 그린리버.'

바로 그 마법사의 일기였다.

"제가 먼저 읽어봤는데, 스승님께서도 흥미를 가질실 만한 내용이 여럿 있더라고요. 특히 여기서부터 여기, 이 부분들을 읽어보시면……."

공주가 지정해준 페이지들을 빠른 속도로 읽어본 이안. 과연 그녀의 예상처럼 흥미로움이 느껴졌다. 어째서 흥미롭냐고? 이유는 간단했다.

"그 로브의 제작일지군요."

공주 하이리가 지정해준 페이지들, 즉 제국력 223년부터 227년까지에 해당하는 4년간의 기록은 가히 '제작 일지'나 마찬가지였다. 이안이 하사받은 미첼 그린리버의 로브, 그 '아티팩트'의 제작과 탄생에 관한 모든 것이 적혀 있었다.

"읽으면서 계속 느꼈어요. 저보단 스승님께 더 도움이 될 것 같다고…… 그래서 이렇게 선물로 가져온 거예요."

"이건 황실의 물건 아닙니까?"

"로브처럼 빌려드리지요. 기간은……."

잠시 고민했던 공주 하이리.

그녀가 천천히 입을 열었다.

"사제지간이…… 끝나는 날까지?"

"감사히 빌리도록 하겠습니다."

이안은 조금도 망설이지 않았다.

이 선물이 꽤나 마음에 들었으니까.

'아티팩트의 제작일지라.'

마침 아티팩트의 재료로 추정되는 비단까지 소유 중인 이안이었다. 재료가 있으니 제작법에 흥미가 생기는 것은 자연스러웠다.

'내가 원하는 아티팩트를 제작할 수 있다면…….'

착용자의 역량에 맞춰진 전용 아티팩트. 비단을 받았을 때

도 잠깐 떠올렸던 생각이지만, 그때보다 더 현실적으로 다가
오기 시작했다.

'앞으로의 난관에 도움이 되겠지.'

이안은 드래곤과 관련된 일에 휘말리고 있다. 한데 그들은
이안 자신보다 훨씬 강하다. 적어도 그 무지막지한 존재들과
동등해질 때까지는 끊임없이 성장해야만 한다. 그 성장에 강
력한 아티팩트까지 더할 수 있다면 금상첨화라는 얘기다.

'생각지도 못한 소득이군.'

이안은 공주를 바라봤다.

뇌물이 마음에 들어버린 탓일까?

그녀의 얼굴이 한층 더 화사하게 느껴졌다.

"공주마마."

"네. 스승님."

"잠시 제 손을 잡으시겠습니까?"

"······예? 예? 소, 손이요?"

갑작스러운 요청에 공주가 말문을 더듬었다. 다짜고짜 손
을 잡자니? 아무리 거칠 것 없는 이안이라 해도 너무 빠
른······.

"여긴 호흡법을 배우기에 적합한 장소가 아닙니다. 오고
가는 눈이 많기도 하죠. 괜찮은 장소를 알고 있으니, 먼저 그
곳으로 이동하겠습니다."

"아······!"

공주는 이제야 이해할 수 있었다.

소문으로만 접했던 이안의 텔레포트.

그 공간이동 마법을 펼치려는 생각일 터.

'내가 무슨 말도 안 되는 상상을…….'

고개를 저으며 생각한 공주 하이리.

그녀가 수줍게 오른손을 내밀었다.

"조금 어지러울 수도 있습니다. 유의하시길."

이윽고 두 남녀의 손이 맞닿았다.

동시에 새하얀 빛줄기가 그들을 삼켰다.

2장
장인의 발자취

전생의 이안은 자신이 만들어낸 마나 호흡법, 일명 '이안식 호흡법'을 상아탑에 공개했었다. 아카데미의 어린 학생부터 4클래스 고위 마법사까지 모두가 그 호흡법을 익혔는데, 가진바 역량에 따라 익히는 속도만 다를 뿐 실패하는 이는 없었다.

　'아카데미 학생들은 일 년 가까이 걸렸었지.'

　그 위로 1클래스 내지 2클래스의 마법사들은 반년 이하, 3클래스의 마법사들은 세 달 가량을. 4클래스를 넘어선 고위 마법사들은 한 달이면 충분했던 것으로 기억했다. 물론 마법적 재능 말고도 타고난 이해력과 노력의 차이는 있겠으나, 대부분 그랬다.

분명 그랬을 지언데······.

'설마 삼 주 만에 익힐 줄이야.'

공주는 무려 삼 주, 그러니까 이십여 일 만에 이안식 마나 호흡법을 익혀 버렸다.

비록 내색은 하지 않았으나, 호흡법의 창시자인 이안조차 놀라는 중이었다. 이런 재능을 가진 마법사가 전생에는 그토록 암울하게 요절해 버렸다니.

'사람 앞날 모르는군.'

물론 술식 계산의 요령이야 두고두고 연습해야 하는 것이니 오래 걸리겠다만, 이 기세라면 그마저도 금방 익힐 것 같았다. 적어도 반년은 족히 전전긍긍할 거라 여겼거늘.

'머리 자체를 타고난 편이다.'

이안이 살펴본 결과, 공주의 재능은 마법적 역량에만 그치지 않았다. 이해가 빠르고 기억력이 탁월했다. 이안의 생각처럼 두뇌의 성능 자체를 타고난 부류였다.

'황태자부터 라그나르까지, 그 어떤 황족보다 부모의 장점을 제대로 물려받았어. 여자로 태어난 게 한이라면 한인가.'

황태자는 외모를 물려받았고, 라그나르는 명석한 머리를 물려받았다. 한데 공주 하이리는 외모와 심성, 머리까지 몽땅 물려받은 '완전체'였다. 심지어 마법사이기도 했다. 자식을 작품에 비유한다면, 아마 황제의 최대 걸작은 바로 하이리 그린리버가 될 터.

"확실히, 느껴지는 게 달라요."

"그럴 겁니다."

공주 하이리 또한 곧바로 체감되는 변화에 당황하면서도 기뻐했다. 어찌 되었든 그녀도 마법사다. 하루가 다르게 성장하는 자신의 역량에 기쁘지 않을 리가 있겠는가?

"오래 걸릴 줄 알았는데……."

"타고나셨습니다. 스승 된 보람이 있군요."

"지금 그거, 그냥 하시는 말씀 아니죠?"

"마마께 아부를 해봐야 어디다 쓰겠습니까?"

공주에게 아부를 떨어봐야 써먹을 데도 없다. 이안의 그 직설적인 언행이 그녀에게는 오히려 믿음을 줬다.

"이제부터는 계산 요령만 연습하시면 됩니다. 어려운 걸로 따지자면 호흡법보다 이쪽이 본선이고, 그만큼 오래 걸리겠지만……."

"꾸준히 연습하는 게 중요하다, 맞죠?"

"제가 빤한 얘기를 자주 했나 보군요."

"음! 그런 경향이 없지는 않으세요."

지난 삼 주, 두 사람의 관계 역시 크게 달라졌다. 이제 농담까지 주고받을 정도였다. 약간의 서먹서먹함이 남아 있긴 했으나, 이것만으로도 장족의 발전이 아닐 수 없었다.

"아, 그리고 말씀하셨던 그 재산, 예전 상아탑주가 남긴 은닉재산 문제 말이에요. 제가 생각을 좀 해봤는데……."

이안은 본래의 목적이었던 재산 처분과 관련된 얘기도 이따금 꺼내왔다. 그 결과, 공주 또한 이안의 문제를 함께 고민하기 시작했고, 드디어 답까지 찾아낸 모양이었다.

"괜찮은 방법이 있을 것 같아요. 일종의 구호사업이라고 볼 수 있는데, 조만간 밑바탕을 그려서 보여드릴게요."

"그 분야로는 저보다 해박하시니까, 부탁드리겠습니다."

"넵! 맡겨만 주십시오! 스승님!"

공주가 장난스러운 표정과 동작으로 기사의 예를 취하며 외쳤다. 그 훅하고 들어오는 애교에 이안은 그만 헛기침마저 내뱉었다.

'이런.'

당혹감을 느끼는 이안이었다. 그가 비록 청년의 겉모습을 가졌다곤 하나, 영혼은 엄연한 40대의 중년이다. 42세에 회귀했고, 이후 7년 가까이 지났으니 곧 50대에 진입한다는 얘기다. 대륙의 평균 수명을 고려해 볼 때, 절대 적지 않은 나이였다.

'예전부터 느끼는 거지만.'

젊어진 육신을 따라간다는 느낌이 강하게 들었다. 심지어 이안은 전생에도 노회한 중년과는 거리가 먼 존재였다. 인간관계를 포함한 세상 경험이 평균적인 동년배에 비해서 너무나도 일천 했으니까.

'주책이 심해졌군.'

생각에서 벗어난 이안의 눈이 하늘로 향했다. 벌써 어둑어둑해지기 시작했다. 너무 늦게까지 공주와 함께 있는 것은 여러모로 곤란한 일, 슬슬 돌아갈 시간이 임박한 거다.

"오늘은 이만 돌아가도록 하죠."

이안이 손을 내밀었다. 공주도 자연스럽게 잡고자 했다. 첫날과는 달랐다. 여전히 수줍음을 느꼈으나, 홍당무가 되지는 않았다. 이 또한 장족의 발전이리라.

"아! 잠깐만요."

하이리가 뻗었던 손을 거뒀다.

이안과의 거리까지 벌렸다.

무엇을 하려는 걸까?

"후우우……!"

호흡부터 가다듬은 공주 하이리.

그녀가 마나를 끌어모으기 시작했다.

"파이로 블레스트."

파이로 블레스트.

이안이 콜드우드의 첩자 세실리아를 상대하며 사용했던 바로 그 마법이었다. 공주는 다짜고짜 그 거대한 불덩이를 소환하더니, 수련장 주변에 펼쳐진 흙의 장벽으로 발사했다.

콰아아앙-!

곧 거대한 불덩이가 흙의 장벽에 부딪히며 폭발했다. 이안의 강력한 마나가 실린 장벽인지라 흠집도 나지 않았지만, 공주는 만족한 듯 으쓱거리며 이안에게 다가왔다.

"오늘은 왜 안 하시나 했습니다."

"헤헤."

가끔가다 튀어나오는 공주의 진심 어린 웃음소리였다. 단아한 분위기와 정반대인 웃음소리였지만, 그것도 나름 나쁘지 않았다.

"뭔가 속이 뻥! 하고 뚫리는 기분이거든요. 지금까지는 이럴 기회가 없었는데, 한번 해보고 나니까 중독성이 있네요."

"이해합니다. 마법의 즐거움 중 하나죠."

이곳은 얼마 전까지만 해도 이안과 용아병 스파르토이의 수련장이었다. 그때보다 바닥이며 장벽이 조금 손상된 것 같더니만, 아무래도 공주 하이리의 소행인 것 같았다.

공주를 황궁으로 무사히 데려다준 이안. 그는 밤공기와 함께 저택으로 걸어갔다. 텔레포트 주문도 좋지만, 가끔가다 이리 걸으면서 생각에 잠기는 것도 나쁘지 않았다.

'복수만 끝나면 다 끝일 줄 알았건만.'

푸념 섞인 생각을 접어둔 채, 이안이 아공간 주머니로부터 책 한권을 꺼냈다. 공주에게 받은 '미첼 그린리버의 일기'

였다. 벌써 이십일 째 꼼꼼히 읽어보고 있었다.

'삼백여 년 전의 상아탑주.'

미첼 그린리버의 대표적인 이미지였다.

일기에 적힌 내용과도 정확하게 일치했다.

'자유롭게 세상을 모험했던 황족.'

그는 황제의 자리를 노리는 경쟁선에서 일찌감치 빠져나갔다. 이후 십 년이 넘도록 대륙 이곳저곳을 누볐으며, 복귀하고부터는 상아탑주가 되었다. 마법적 역량은 이안보다 일천 했으나, 세상 경험으로 따지자면 이안보다 훨씬 우위에 선 존재였다.

'덕분에 아티팩트도 만들었지.'

미첼 그린리버의 아티팩트, 그 푸른색 로브를 얻어낸 과정은 그야말로 행운이었다. 간단히 요약하자면 이랬다. 십 년간의 모험 중 어떤 장인을 만났고, 그를 도와준 대가로 손수 제작된 아티팩트까지 받았다는 내용이 주류였다.

제국력 227년.

먹구름이 가득한 날씨. 황금 염소자리의 마지막 날.

어릴 적 꿈을 이루어낼 역사적인 날이다.

나는 언제나 새처럼 하늘을 날고 싶었다. 하지만 플라이 주문의 한계는 명확했다.

5클래스의 경지까지 올라섰음에도, 아무리 연구해 봐도 마찬가지였다.

하지만 오늘부터는 달라지리라.

저 푸른색 로브가 이루어주겠지?

나의 오랜 염원을.

기대된다.

미첼 그린리버의 로브와 관련된 내용 중, 이 문구가 가장 마지막이었다. 이후로 로브에 관한 언급은 일절 보이지 않았다.

서술된 내용으로 볼 때, 그 장인은 미첼 그린리버가 원했던 능력 하나를 로브에 새겨준 것으로 보였다. 아마 플라이 주문의 강화였을 터.

'아티팩트를 만드는 장인이라.'

이미 죽었겠지? 300년이나 지났는데.

그래도 후계자는 존재하지 않을까?

그럴듯한 짐작이었다.

'이때도 아티팩트 제작은 미지의 영역이야.'

당연한 얘기지만, 삼백여 년 전 당시에도 아티팩트는 미지의 물건인 것 같았다. 단지 미첼 그린리버는 세상을 모험하던 도중 우연치 않게 장인과 연이 닿았고, 그 결과 로브까지 얻어낸 경우일 뿐, 거의 기연이나 마찬가지란 소리였다.

‘후계자가 있다면, 지금도 은밀하게 전승되고 있을 가능성이 크다. 페어리 일족처럼 아예 세상과 단절되었을 가능성이 커.’

문제는 그 꼭꼭 숨어 버린 장인 전승자를 어찌 찾느냐는 거다. 이미 페어리 퀸과 에반투스에게도 물어봤다. 아티팩트를 만들 수 있는 장인을 아느냐고, 대답은 ‘모른다’였다.

‘당장 드래곤에게 물어볼 수도 없는 노릇인데.’

당장은 시간의 보고로 들어가는 비약을 조제할 수가 없었다. 핵심 재료인 가고일의 눈이 다 떨어져 버린 까닭이었다. 에반투스가 가고일의 행방을 찾을 때까진 불가능했다.

‘단서가 너무 적다.’

하지만 없는 것도 아니다.

일기에서 찾을 수 있는 단서들.

수는 적지만, 핵심적이기도 했다.

먼저 미첼과 아티팩트 장인의 첫 만남.

그 위치는 삼백여 년 전 ‘필틴 왕국’이었다.

현재에 와서는 멸망하고 사라져 버린 국가였다.

‘지금은 로 공국의 서쪽을 책임지고 있지.’

‘필틴 왕국’은 이제 로 공국의 서쪽 ‘필틴 영지’가 되었다. 이안이 가본 적 없는 영지 중 하나이기도 했다. 콜드우드 제국의 영지는 오랜 전쟁 끝에 대부분 밟아봤으나, 로 공국은 전쟁 중반쯤 백기 투항에 나섰다. 전쟁 무기였던 이안과는 인연이 깊지 않았다.

'장인의 특징도 적혀 있다.'

두 번째 단서는 바로 특징. 미첼의 일기에는 장인에 관한 묘사가 제법 세밀하게 기록되어 있었다. 생김새부터 버릇, 말투까지 다양하기도 했다.

-흔치 않은 검은색 머리칼의 소유자다.

-시체와도 같은 창백한 피부를 가졌다.

-젊은 얼굴을 가졌지만, 말투는 다르다.

-아주 노회한 늙은이가 말하는 것 같다.

-놀라울 정도로 수많은 언어에 능통하다.

-체력이 약한 것 같다. 틈만 나면 잠든다.

장인에 대한 핵심적인 묘사는 이러했다.

장인이라 그런지 범상치 않은 인물이었다.

"흐음."

반복하며 미첼의 일기를 읽었던 이안.

걷다 보니 어느덧 저택 앞에 도착했다.

더불어 한 가지 결심 또한 세워졌다.

'일단 필틴 영지로 가보자.'

본래 이안은 작은 단서만으로 행동에 나서는 인물이 아니었다. 하지만 방도가 없었다. 급하기도 했다. 드래곤 앞에서도 당당할 수 있는 수단, 그 대항마가 필요했으니까.

'혹시 모르니까 비단도 챙겨두고.'

조공으로 받은 마법의 비단을 아공간 주머니 속에 넣은 이안, 그가 서둘러 좌표부터 잡아내기 시작했다. 목적지는 로 공국의 필틴 영지, 물론 필틴 영지는 기억에 없다. 텔레포트 이동이 불가능하단 얘기다. 우선 가까운 위치로 이동해봐야 할 터.

'그리 가깝지는 않지만……'

이안이 당장 이동할 수 있는 공국의 영토는 수도 '로하람'을 포함한 그 주변밖에 없었다. 이는 결코 가까운 위치가 되지 못했다. 수도 로하람과 필틴 영지의 거리는 공국 내 끝과 끝이라 표현해도 무방할 정도였으니까.

'별수 없지.'

누구를 탓하겠는가? 전생에 조금 더 두루두루 경험해 두지 않았던 이안 본인의 탓이지. 만약 자신이 미첼 그린리버였다면 갈 수 없는 영지가 한 손가락으로 꼽혔으리라.

'잠깐 다녀와 볼까.'

저택에는 한 장의 메모만이 남았다.

잠시 외출을 다녀오겠다는 메모였다.

로 공국의 영토에 첫발을 내디딘 이안.

텔레포트 주문은 성공적인 것 같았다.

단지.

"드디어!"

웬 소년 하나가 이안을 향해 달려들었고.

"나타났느냐!"

서슬 퍼런 날붙이가 목전까지 들어왔다.

바로 이안 페이지의 목전에 말이다.

"자객!"

갑자기 웬 자객?

가우뚱거린 이안이 손아귀로 마나를 끌어모았다. 올리버의 검이라면 모를까, 저런 꼬마가 휘두르는 검이야 손으로도 잡을 수 있었다. 예상대로 가볍게 낚아채 빼앗아 버렸다.

"헛!"

검을 휘둘렀던 꼬마가 주춤주춤 물러났다. 나름 회심의 일격이라고 여겼던 탓일까? 적잖이 충격받는 눈치였다.

"오호라, 이번에는 제법 비싼 자객을 보내셨군? 암! 대륙 최고의 천재를 암살하는 대업인데, 이 정도 자객은 보내야지!"

"나는 자객이……."

"시끄럽다! 그래 봐야 자객은 자객! 죽여주마!"

꼬마의 공격은 거기서 끝이 아니었다. 품으로부터 단검 한 자루를 꺼내더니 두 번째 공격을 시작했으니까. 물론 이안의 입장에서는 조금도 위협적이지 않았다.

'여기가 어디지?'

이안은 장난보다 못한 꼬마의 공격을 피하며 주변부터 둘러봤다.

분명 로 공국 내에서 최대한 서쪽으로 오고자 했다. 목적지인 필틴 영지가 로 공국의 서쪽이니 말이다. 밤이 깊어졌던 그린리버의 황성과는 달리 이곳은 아침 해가 쨍쨍했는데, 이 시차로 봐선 로 공국의 영토가 확실한 것 같았다.

'내가 이런 마을에 온 적이 있었나?'

주변은 자그마한 마을이었다. 정확히 말하자면 마을의 입구쯤으로 보였다. 이번 생은 아닐 테고, 전생에 와봤으니까 텔레포트도 가능했을 터인데, 그럼에도 기억이 나질 않았다. 도대체 이 마을은 어디란 말인가?

"이놈! 이 자객 놈! 야압! 얍! 야아압!"

그 와중에도 이상한 꼬마의 공격은 계속 펼쳐졌다. 위협적이진 않았으나, 슬슬 귀찮아지기 시작한 이안이었다. 아무래도 멈춰놔야겠다.

"슬……."

이안이 슬립 주문으로 꼬마를 재우고자 하는 그때.

"클레반!"

소란을 느낀 마을의 주민 몇몇이 몰려왔다.

이 꼬마의 이름이 '클레반'인 모양이었다.

"당장 멈추지 못하겠느냐!"

그 주민 중 건장한 중년인이 달려와 꼬마를 붙잡았다. 놈의 부모일까? 그 짧았던 의문은 금세 풀어졌다.

"촌장님! 마침 잘 오셨습니다. 자객입니다! 저를 노리고 고용된 자객이 분명하다고요! 갑자기 눈앞에 슉 하고 나타나지 뭡니까?"

클레반의 말에 중년 '촌장'이 이안을 슥 훑어봤다. 물론 자객이란 말은 믿지 않는 것 같았다. 즉시 단검부터 빼앗고 제압했으니까.

"초, 촌장님? 왜 저를……!"

"이놈아, 언제까지 자객 타령이나 할 생각이냐?"

"이번에는 진짭니다! 진짜로 저를 노린 자객이란 말입니다! 맨손으로 칼까지 잡았다고요! 분명 저놈은 훈련된 자객이……."

"한동안 잠잠한가 싶더니만 또 이러는군! 누가 이놈한테 무기를 보여준 거야? 엉? 빨리 데려가! 집 밖으로 못 나오게 하고!"

촌장의 호통에 주민 몇이 꼬마 클레반을 끌고 갔다. 녀석은 끝까지 자객이니 어쩌니 고래고래 소리쳤지만, 모여든 주민들은 귓등으로도 들어주지 않았다. 많이 익숙해 보였다.

"휴우, 실례가 많았습니다. 보시다시피 문제를 겪고 있는 녀석입니다. 정신적으로 조금…… 결함이 있지요. 누군가로부터 목숨을 위협받고 있다며 저 난리를 쳐댑니다. 다시 한

번 진심으로 사죄드립니다."

촌장의 정중한 사과가 돌아왔다.

이안 역시 로 공국어로 대답했다.

"괜찮습니다. 고용된 자객도 아니고요."

"하하, 물론 그러시겠지요. 제 짐작으로 요 주변 분은 아니신 것 같고, 타지에서 오신 여행객이신지?"

촌장은 이안의 공국어 억양과 생김새, 복장까지 두루두루 살펴보더니 결론을 내렸다. 바로 그가 타지로부터 온 여행객이라는 결론이었다.

"예. 마을이 보여서 기웃거려 봤습니다만."

"때마침 클레반의 눈에 띄셨군요."

"그런 셈이죠."

대충 얼버무렸는데, 그럭저럭 잘 넘어간 것 같았다. 이안은 큰 문제가 없는 이상 신분을 밝히고 싶지 않았다. 여기는 엄연한 타국의 영토이며, 그린리버와의 마찰 또한 적은 국가 아니겠는가? 괜히 이상한 소문이나 문제를 일으킬 필요는 없으리라.

"젊으신 분 같은데 세상 여행이라니, 대단하십니다."

"젊어서 가능한 일 아니겠습니까."

"하긴, 그게 젊음이죠."

대화는 자연스럽게 흘러갔다. 전형적인 현지인과 타지 여행객의 대화가 이어졌다. 물론 이안은 평범한 여행객이 아니며, 빨리 벗어나고 싶었으나, 무작정 뿌리치기도 어려웠다.

"여긴 마을 이름이 어떻게 됩니까?"

이안은 이렇게 된 김에 이곳의 정체부터 파악하기로 했다. 분명 기억에 존재하지 않는 마을이었다. 한데 텔레포트가 성공해 버렸다. 전생에 와본 경험이 있다는 얘기였다.

"이런, 소개가 늦었군요. 촌장 잭슨이라고 합니다. 저희 마을은 보르돈이란 이름을 가지고 있습니다. 필틴 영지령에 속한 마을이죠."

"필틴 영지령이라고 하셨습니까?"

"그렇습니다만, 무슨 문제라도?"

"……아무것도 아닙니다. 리안이라고 합니다."

자신의 이름을 리안이란 가명으로 소개한 이안. 그의 머릿속이 복잡하게 돌아갔다. 분명 공국은 통일전쟁 중반쯤에 백기투항을 해왔다. 자연히 여기까지 들어올 필요도 없었다. 여행이나 아티팩트를 쫓았던 전생에도 필틴 영지는 논외의 대상이었다.

분명 그랬을 지언데, 어째서 몸이 기억하고 텔레포트가 발동되었단 말인가?

'잠깐…….'

곰곰이 생각해 보던 이안.

얼마 지나지 않아 떠올릴 수 있었다.

잠시 잊고 지냈던 낡아빠진 기억들.

혹은 필요하지 않았던 기억들까지.

'가짜 용의 교단.'

필틴 영지는 로 공국의 서쪽이다.

그 서쪽이라면 한번 와본 적이 있다.

이안이 전생에 용언 연구를 돕고자 찾아냈던 사이비 용의 교단, 그 사기꾼 놈들의 활동지역이 바로 공국 서부였다. 전생에는 '통일 그린리버 대제국'의 서쪽 끝이었으나, 지금은 여전히 로 공국 영토에 속하고 있을 터.

'까맣게 잊고 있었군.'

한번 불꽃이 붙은 기억의 재생은 빠른 속도로 번졌다. 전생에 겪었던 사소한 기억들이 조금씩 되살아났고, 마침내 이 마을, 보르돈 마을의 정체마저 떠올릴 수 있었다.

'그 사기꾼들의 아지트.'

전생에 방문했을 때, 그러니까 지금으로부터 이십여 년 후. 이 보르돈 마을의 모습은 결코 지금처럼 온전하지 않았다.

'그땐 다 무너진 폐허였지.'

동시에 그 사이비 용의 교단의 아지트 중 하나이기도 했다. 드래고니안을 추적하고자 접선했던 도둑 길드의 수장 크루드조차 사이비 교단의 존재를 꿰고 있었던 점으로 미루어볼 때, 지금도 활동하는 것 같았다.

'이 마을이 전부……?'

이안은 이미 진정한 용의 교단과 그 창시자 에반투스까지 찾아냈다. 그런 마당에 사이비 교단을 들쑤셔서 무엇하겠냐만, 오히려 흥미가 생겼다.

가뜩이나 그 커다랗고 날개 달린 도마뱀의 정보가 절실한 상황이었다. 설령 사소하더라도, 혹은 사기꾼들의 헛된 망상일지라도 괜찮았다. 그 정도야 충분히 걸러 들을 수 있으니까.

"촌장님."

그때 마을 주민 한 명이 촌장 잭슨에게 다가왔다. 그들은 이안을 의식한 듯 몇 발자국 넉넉히 떨어져 귓속말로 대화했는데, 청력 강화가 가능한 이안 앞에서는 말짱 헛수고일 뿐이었다.

'아침 예배 시간입니다. 어찌할까요?'

'기도만 예정대로 진행해.'

'저 외부인은 어찌하시고……'

'제 발로 찾아온 물고기야. 털어봐야지.'

이안이 엿들었단 사실을 까맣게 모르는 촌장 잭슨, 그가 인위적으로 만들어진 미소를 보이며 제 발로 찾아온 물고기, 이안에게 말했다.

"이거 손님을 두고 실례가 많았습니다. 낯을 가리는 주민들이 많아서 말이죠."

"괜찮습니다. 충분히 이해합니다."

"보자. 이렇게 만난 것도 인연인데, 식사라도 함께하지 않으시겠습니까? 보잘것없는 마을이긴 합니다만, 민폐까지 끼친 손님을 모른 척할 정도로 야박하진 않습니다."

본격적인 작업에 들어가는 촌장 잭슨, 아니, 정말 촌장이 맞긴 할까? 그러한 의문과 함께 대답하는 이안이었다.

"그럼 한 끼 신세 좀 지겠습니다."

"신세라니요. 자, 이쪽으로 오시죠."

이안이 촌장 잭슨의 안내에 따라 마을 깊숙한 곳으로 들어갔다. 꽤나 조용한 마을이었다. 아까 그 시끄러웠던 클레반이란 꼬마는 어디로 끌려간 건지 소리조차 들리지 않았다.

"저기 모여계신 분들은……?"

이안이 가리킨 곳은 마을 중앙, 그곳에는 조잡한 석상 중심으로 여러 주민이 꿇어앉아 기도를 올리고 있었다. 귓속말로 속닥거렸던 그 예배인 모양인데.

"아, 저희 마을은 아침마다 모여서 기도를 올리곤 합니다. 마을의 오랜 전통이죠."

"기도 받는 석상이 특이하네요. 날개 달린 도마뱀인가?"

그 석상은 명백한 드래곤의 형태였다. 아무리 조잡해도 알 수 있었다. 하나 이안은 아무것도 모르는 사람처럼 시치미를 뚝 뗐다.

"도마뱀은 아니고, 드래곤입니다."

"드래곤? 드래곤한테 기도를 올리는 겁니까?"

"신들과는 달리, 기도에 응답을 해주시니까요."

"응답?"

그때였다. 기도를 올리던 주민들로부터 소란이 일어났다. 그럴 수밖에 없었다.

조잡한 드래곤 동상에서 빛줄기가 뿜어져 나왔으니까. 정말 기도에 응답이라도 해주는 것처럼 말이다.

"오오오……!"

"용이시여! 용이시여!"

"제 어머니의 병을 낫게 해주소서!"

"내일도 배를 곯지 않도록 도와주소서!"

주민들의 기도가 한층 광적으로 번졌다. 그들로서는 정말 기적과도 같은 현상인 것 같았으나, 이안의 생각은 달랐다.

'마법이다.'

정확히는 마법을 내뿜는 석상.

석상으로부터 주문이 펼쳐진 거다.

라이트 주문의 가벼운 변형이었다.

그렇기에 더더욱 의구심이 생겼다.

'저건 마도 공학품의 수준이 아니야.'

마도 공학품은 스스로의 힘으로 마법을 일으키지 못한다. 마법이란 이름의 초자연적 현상을 가능케 만드는 존재란 오직 두 부류뿐.

'마법사, 그리고 아티팩트.'

저 석상은 분명 아티팩트가 마법을 발동시킬 때의 원리와 일치했다.

'하지만 달라.'

지금껏 이안이 봐왔던 여러 아티팩트와는 느낌부터가 달랐다. 이 오묘한 괴리감을 뭐라고 표현해야 좋을까?

'어딘가 대충, 시험 삼아서 만든 느낌이…….'

지금까지 이안이 봐왔던 수많은 아티팩트, 예를 들자면 모그리안 링, 황비의 아뮬렛, 미첼 그린리버의 로브, 대초원의 지팡이 등은 모양새부터가 남달랐다. 소박하면 소박했지 절대 조잡하지 않았다.

한데 저 동상을 보라. 조금 손재주가 뛰어난 어린아이가 진흙으로 빚었다 해도 믿어줄 정도였다.

'아티팩트치곤 너무 조잡한데…….'

이안의 의구심이 깊어지는 그때.

촌장 잭슨의 목소리가 들려왔다.

"누추하지만 들어오시지요. 금방 식사를 준비하겠습니다."

조잡한 석상으로부터 얼마 지나지 않아 촌장의 집에 도착했다. 촌장의 오두막답게 그 규모가 다른 집들과는 차원이 달랐다. 가장 넓게 지어졌으며, 내부도 상당히 깔끔했다.

"기대만큼 누추하진 않네요."

"이래 봬도 제가 손수 지은 집입니다. 도시 사람들 저택에야 감히 비할 수가 있겠습니까만, 나름대로 신경을 좀 썼죠."

얼마 후, 대접하겠다던 식사라는 것이 식탁 위로 차려졌다. 사실 식사라고 해봐야 으깬 감자를 넣어 끓인 스튜에 푸석푸석한 빵 쪼가리가 전부였다. 대다수 백성들의 통상적인 한 끼이기도 했다.

"겸상을 해도 괜찮겠습니까?"

촌장 잭슨이 이안에게 물었다.

이안 역시 고개를 끄덕여줬다.

그렇게 다소 어색한 식사가 이어졌다.

이안도 공복이었던 지라 문제는 없었다.

"혹 실례가 되지 않는다면, 어디서 오셨는가를 여쭤봐도 될까요? 듣자 하니 공국어가 능숙하시긴 해도, 특유의 억양이 조금 다르시더군요."

"그린리버 출신입니다. 그곳에서 왔죠."

"오! 요즘 아주 시끄러운 동네가 아닙니까?"

한동안은 잭슨의 질문 세례가 이어졌다.

그러나 그것도 처음에만 활발했을 뿐.

점차 말수가 줄어들기 시작했다.

"……."

대신 이안의 안색과 눈치를 살피기에 급급해졌다.

"왜 그렇게 보십니까?"

"예? 아…… 하하! 아닙니다. 입맛에 맞지 않으실 것 같아 걱정했는데, 생각보다 맛있게 드셔주시니 저도 모르게 그만…… 하, 한 그릇 더 내어드릴까요?"

"부탁드리겠습니다."

그릇을 받아든 촌장 잭슨이 부엌으로 향했다. 부엌 쪽으로 돌아간 얼굴에서부터 당혹스러움이 묻어났다. 이안은 볼 수 없는 표정이었다.

'뭐지? 어떻게 멀쩡한 거야?'

잭슨 자신이 저 외부인에게 내어준 스튜는 평범한 스튜가 아니었다. 강력한 수면제가 섞인 스튜였으니까. 그런데 잠들기는커녕 멀쩡한 꼴로 앉아 한 그릇을 더 달란다.

'너무 적게 넣었나?'

그래, 그럴 수도 있겠다. 맛이 이상하면 눈치챌 것 같아 조금만 넣긴 했으니까. 간단하게 생각한 잭슨이 다시 한번 수면제를 탔다. 아까보다 조금 더 많이 넣었다.

'이번에는 반드시…….'

하나 촌장 잭슨은 알 수 없었다.

수면제의 양이 문제가 아니란 사실을.

지금 아주 큰 실수를 저지르고 있단 사실을.

이안의 예상처럼, 보르돈 마을은 평범한 마을이 아니었다. 중년 촌장 잭슨을 포함한 스물 남짓의 사기꾼들에게 장악

당한 지 오래였으며, 기존 주민들은 지속적으로 수탈을 당하는 형태였다. 물론 주민들은 자신이 젊은 촌장 무리에게 수탈당하고 있다는 사실을 인지하지 못했다. 생각보다 그럴싸한 사이비 행각의 힘이었다.

"스튜 맛이 좋네요."

"하, 하하. 다행입니다. 정말로."

잭슨과 그 무리가 마을을 통째로 집어삼켜 왕처럼 군림해왔던 오늘, 좀처럼 보기 드문 외부인이 찾아왔다. 간만에 옛 경험이나 살려보려고 했다.

한데 첫 번째 시도부터 생각처럼 되지 않았다. 수면제 한통을 다 썼음에도 저 밝은 갈색 머리의 외부인, '리안'이란 청년은 쓰러질 생각조차 하지 않았으니까.

'대체 왜?'

비싼 수면 비약이 아닌 싸구려 비약이라서? 아니, 그럴 리는 없다. 값싼 이유는 어디까지나 독성 탓이다. 근본적인 효과 자체는 다를 바 없단 얘기다.

'약이 오래되어서 그런가?'

잭슨의 사고는 딱 그쯤에서 멈췄다. 그 이상의 판단을 내리기란 힘들었다. 특히 저 외부인한테 원인이 있다는 생각은 불가능에 가까웠다. 스튜만 벌써 세 그릇째였다.

'생각보다 맛있네.'

한편 이안은 진심으로 스튜의 맛을 즐겼다. 돌이켜보자면 이런 평범한 식사, 전생의 12살 이후로 먹어본 적이 없었다. 자그마치 36년 만에 맛보는 별미 아니겠는가? 물론 허기가 반찬이기도 했다.

'약만 타지 않았으면 좋았을 텐데.'

이안은 마법사다.

그냥 마법사도 아니고 대마법사다.

어지간한 약물이야 마나로 차단할 수 있다.

하지만 변질된 맛과 향은 별개의 문제였다.

'그나저나……'

이안이 중년 촌장 잭슨을 바라봤다.

그는 빈 그릇들을 치우고 있었는데, 당황한 기색을 내색하지 않고자 부단히 노력하고 있었다. 그래 봐야 이안의 눈까진 속일 수 없었지만, 나름 쓸 만한 연기력의 소유자였다.

'조금 더 지켜볼까?'

조잡한 주제에 아티팩트의 원리로 만들어진 석상하며, 하필이면 가짜 용의 교단을 참칭하는 행동까지. 눈여겨볼 점들이 제법 많았다. 힘으로 제압한 뒤 캐낼 수도 있겠으나, 일단 자연스럽게 지켜보는 쪽으로 마음을 굳혔다.

"그런데, 아까 봤던 그 석상 말이죠."

"예? 아, 드래곤의 석상이요. 말씀하시죠."

"평범한 물건은 아닌 것 같던데, 혹시 직접 조각하신 석상입니까? 아니면 어디 외부에서 구해오신 물건인가요?"

이안의 질문에 촌장 잭슨이 고민했다.

뭐라도 대답을 해야 자연스러울까?

그럴싸하게 대답할 필요가 있었다.

"그…… 몇 년 전이었던가, 흉작이 생각보다 길어질 때 들여온 석상입니다. 그때부터 사정도 나아지기 시작했죠. 이제 저희 마을한테는 드래곤이 곧 신이나 마찬가집니다."

절대 거짓말이 아니었다. 세부적인 상황이야 다를지언정, 상황 자체는 진실만을 얘기했다. 흉작이 길었던 것도 사실, 그즘 마을에 석상을 들여온 것도 사실이었으니까.

"정말 드래곤에게 응답을 받는 겁니까?"

오히려 거짓말은 이안의 몫이었다. 아무것도 모른다는 표정으로 두 눈까지 껌뻑거렸다. 제아무리 촌장 잭슨의 연기력이 뛰어나다 한들, 두 번의 삶 속에서 도가 터버린 이안을 넘어설 수는 없었다. 42세의 정신으로 12세의 천진한 표정과 말투, 떨림까지 연기해 본 경험이 있는가? 없다면 말을 말라.

"저희 마을은 그렇게 믿고 있습니다."

"그럼 제 기도에도 응답을 해주실까요?"

"진실만 하시다면야, 분명 그래 주실 겁니다."

"오……."

이안이 감탄을 터뜨렸다.

철저히 만들어진 감탄이었다.

"가능하다면 기도를 좀 올려보고 싶은데, 혹시 외부인에게도 허락이 되는지요? 아시다시피 저 같은 타지인으로선 흔치 않은 기회인지라…….”

“아무렴요. 지금 당장도 가능합니다.”

잭슨이 거리낄 것 하나 없다는 듯 이안을 석상까지 안내해 줬다. 기도를 올리던 주민들의 모습은 보이지 않았다. 아침 예배가 끝난 모양이었다.

“규칙은 딱히 없습니다. 그냥 편하게, 진심을 담아 기도해 보십시오. 그 마음만 진실하다면 드래곤께서 충분히 응답을 해주실 겁니다.”

잭슨이 석상을 가리키며 말했다.

제법 사이비다운 어조와 말투였다.

“잠시 물러나 드리겠습니다.”

편히 기도를 올리라며 멀찍이 떨어져 주기까지 했다. 하지만 이안의 목표는 기도가 아니었다. 갑작스러운 상황 속에서 저 촌장과 주민들의 반응을 살펴보고 싶었다.

‘이 석상이 고장 나 버린다면 말이지.’

아무래도 이 조잡한 석상의 마법 효과가 가짜 용의 교단을 유지시켜 주는 핵심인 것 같은데, 과연 그 구심점이 제 기능을 잃는다면 어떻게 대처할까?

‘어디 밑천 한번 드러내 봐.’

옅게 웃은 이안이 주문을 발동시켰다.

그 대상은 조잡한 드래곤 석상이었다.

'스펠 디소더.'

아티팩트가 마법을 발동시키는 원리는 마법사와 똑같았다. 즉 술식의 연산을 방해하는 최상위 주문, '스펠 디소더' 역시 먹혀든다는 얘기였다.

"용이시여. 부디 앞으로 남은 일정에 등불을 비춰주십시오. 제가 이 여행을 통해 깨닫고자 하는 것을 모두 깨닫고, 고향으로 무사히 돌아갈 수 있도록 도와주십시오."

이안이 다 들리는 목소리로 기도를 읊었다.

촌장 잭슨의 귀에도 그 기도가 전해졌다.

'저놈을 어떻게 털지?'

기도 중인 '여행객 리안'의 모습을 계산대에 올려 이래저래 살펴본 촌장 잭슨, 그린리버에서 여기까지 왔다면 상당히 긴 여행이었을 터.

한데도 복장의 상태나 피부 때깔이 괜찮았다. 여행 내내 좋은 잠자리와 양질의 음식을 먹어줬다는 증거나 마찬가지다. 단언하건대 노잣돈 꽤나 들고 다니는 여행객이 분명하리라.

'자기 몸 하난 지킬 수 있는 놈 같은데.'

상당한 노잣돈과 함께 먼 거리를 여행하는 놈이 그 흔한 경호원조차 없다. 날붙이를 앞세운 클레반의 공격에도 여유롭게 대처해 냈다. 일신의 무위에 자신이 있다는 거다.

'미리 애들부터 모아놓고, 그다음에 유인해야겠군.'

놈을 으슥한 곳으로 유인하는 일은 어렵지 않을 것이다. 곧 석상의 응답을 목격할 테고, 이것저것 흥미가 동하기 시작하겠지.

그때 잘만 구슬리면 된다. 예컨대 더 대단한 걸 보여준다고 하든가, 기타 써먹을 미끼는 얼마든지 있으니까.

"……."

그런데 조금 이상했다.

슬슬 발동될 때가 된 것 같은데.

드래곤 석상이 뿜어낼 빛줄기 말이다.

'뭐지……?'

마을 주민들의 아침 예배 당시.

그때까지만 해도 잘만 뿜어댔다.

한데 왜 갑자기 멈춰 버린 걸까?

'설마 고장이 난 건가? 저게 고장도 나?'

지금까지, 그러니까 '그놈'이 저 석상을 조각해 준 이후부터 단 한 번도 고장난 적은 없었다. 분명 그랬을 텐데, 하필 이제 와서 고장이라니?

'젠장! 도움이 안 되는구먼.'

낭패였다. 저 외부인과 주민들이 보는 앞에서 '그놈'을 불러와 고쳐낼 수도 없는 노릇이거늘, 어떤 특단의 조치가 필요한 순간이었다.

"으음, 제 딴에는 진심을 다해서 기도했는데, 아무래도 부족했던 것 같군요. 아무런 응답도 없는 걸 보니……."

이안이 촌장 잭슨을 바라보며 중얼거렸다. 비록 말은 그렇게 하고 있었으나, 표현하기 힘든 실망감으로 똘똘 뭉친 목소리였다.

"그, 그럴 리가요. 저희도 가끔 응답받지 못할 때가 있습니다. 특히 아침 예배가 끝난 뒤에는 자주 그러더군요. 이러실 게 아니라, 조금 쉬시다가 다른 예배에 참석해보시지요."

"다른 예배요?"

"저희 마을은 드래곤께 주기적으로 예배를 드립니다. 바쁘신 일정이 없으시다면, 오늘 하루는 저희 마을에서 쉬시는 게 어떠시겠습니까? 묵으실 방도 내어드리겠습니다."

"그래도 그렇게까지는……."

이안의 반응에 촌장 잭슨이 손사래를 치며 말했다.

"저희 마을은 예로부터 손님이 귀한 마을입니다. 찾아주시는 손님 한 분 한 분이 모두 귀빈이시죠. 한데 그 귀한 손님께서 실망하신 채로 떠나신다면, 저희로서도 마음이 편치가 않을 것 같아 드리는 부탁입니다."

아까부터 말은 참 잘하는 잭슨이었다.

사이비의 품격이라고 표현할 수 있을까?

"그렇게까지 말씀하신다면, 알겠습니다."

이안에게도 나쁘지 않은 제안이었다. 저들이 마련해 줄 숙

소라는 곳에 박혀 있는 척하다 보면, 놈들이 망가진 조각상을 어찌 다루는지도 알아낼 수 있을 테니까.

"이쪽으로, 쉬실 곳을 안내해 드리겠습니다."

촌장 잭슨에게 안내를 받은 이안, 쉬실 곳이란 바로 잭슨의 오두막집 한쪽으로 마련된 별채였다. 일단 겉보기에는 손님을 대접하고자 만들어진 사랑방 같았다.

'일단 안심부터 시켜두자. 사냥은 그다음이다.'

'여행객 리안'을 사랑방까지 안내해 준 잭슨이 입맛 한번쯤 다시며 나왔다. 일단 저 석상부터 고치는 게 급선무였다. 돈 많은 여행객 놈을 속여먹기 위해서라도, 멍청한 주민들을 계속 등쳐먹기 위해서라도 필수였다.

"이봐, 콜린!"

그가 부하 하나를 호출했다.

예배를 어찌하느냐 물었던 주민이었다.

상당히 큰 덩치와 험악한 인상의 소유자였다.

"부르셨습니까. 형님, 아니, 촌장님."

"지금 당장 그놈, 데리고 와."

"아까 보니까 또 정신병이 도진 것 같던데요?"

그 대답에 잭슨이 약병 하나를 꺼냈다.

진한 보라색 액체가 담긴 약병이었다.

"진정제야. 가서 먹이고 데려와. 빨리!"

"그, 금방 다녀오겠습니다."

"그리고 에스테반!"

또 다른 부하가 후다닥 달려왔다.

콜린과는 다르게 왜소한 남자였다.

"너는 애들 데리고 마을 사람들 통제해. 절대 석상 근처로 기웃거리지 못하게 만들라는 얘기야. 그 손님도 잘 감시하고, 알아듣겠어?"

"예, 촌장님."

얼마나 기다렸을까? 곧 험악한 수하 콜린이 누군가를 데려왔다. 아니, 끌고 왔다고 표현하는 쪽이 옳았다. 진정제가 맞긴 맞는 건지, 약에 잔뜩 취해 몽롱해진 얼굴이었다.

"오, 클레반."

약에 취한 채 끌려온 인물은 바로 '클레반'이었다. 텔레포트로 나타난 이안을 자객이라 부르며 덤벼들었던 바로 그 미치광이 꼬마였다.

"아까는 미안했다. 손님이 계시지 않았더냐? 착한 네가 이해를 해줬으면 좋겠구나."

잭슨이 클레반의 머리를 쓰다듬으며 말했다.

발작에 가까웠던 아까와 달리 차분해 보였다.

그 보라색 진정제의 효과인 것 같았다.

"너를 부른 건 다름이 아니라, 이 석상 말이다. 네가 우리에게 만들어준 석상, 덕분에 마을을…… 크흠! 아무튼, 문제가 좀 생긴 것 같거든. 살펴봐 줄 수 있겠느냐?"

그 부탁에 꼬마 클레반이 석상으로 다가갔다. 약에 취해 멍한 표정은 여전했으나, 적어도 석상을 바라보는 눈빛만큼은 매섭게 살아났다.

"……."

말없이 조각정과 망치를 쥔 클레반, 그가 무작정 드래곤 조각상을 두들기기 시작했다. 촌장 잭슨은 분명 고쳐달라고 부탁했던 것 같은데, 그렇다고 보기엔 상당히 과격해 보였다. 거의 조각정과 망치로 두들겨 패는 수준에 가까웠으니까.

"어때, 고칠 수 있겠지?"

그러나 잭슨은 클레반의 행동이 익숙해 보였다.

탕! 타앙! 탕! 탕!

물론 클레반은 대답하지 않았다. 대신 묵묵하게 조각정과 망치를 휘둘렀다. 가뜩이나 조잡했던 드래곤 석상의 굴곡이 더더욱 조잡해졌다.

"조심 좀 하라고, 드래곤 모양은 나와야 할 거 아니야?"

자신에게 뭐라고 하든지 말든지, 클레반의 망치질은 한동안 계속 펼쳐졌다. 이래저래 두들겨도 보고, 어느 부분은 과감하게 박살 내보기도 하고, 석상 아래쪽으로 무언가를 새기는 것 같기도 했다. 참으로 기상천외한 수리가 마무리될 무렵.

"끝인가? 다 고쳐진 거야?"

"……."

"이 약이 이래서 문제라니까."

잭슨이 혀를 끌끌 차며 석상 앞으로 걸어갔다.

그러고는 대충 아무 말이나 중얼거리기 시작했다.

"앞으로도 이 짓거리, 계속 해먹을 수 있도록 도와주시고. 음, 또……."

그러자 석상으로부터 빛이 뿜어져 나왔다. 석상에 걸린 '스펠 디소더' 주문이 완벽하게 파훼된 결과였다. 바로 저 정신 나간 꼬마, 클레반의 조각정과 망치로부터 말이다.

"좋았어!"

쾌재를 부른 잭슨이 부하에게 손짓했다.

그만 클레반을 돌려보내란 뜻이었다.

보상은커녕 한마디 칭찬조차 없었다.

"따라와."

험악한 부하 콜린이 클레반의 목덜미를 잡고 되돌아갔다. 보르돈 마을에서도 아주 구석진 곳에 우두커니 세워진 창고, 그 자물쇠가 잠긴 창고야말로 클레반의 집이었다.

"정신 돌아올 때까지 얌전하게 박혀 있으라고."

쾅! 하는 소리와 함께 창고 문이 닫혔다.

철컥거리며 자물쇠까지 잠겨 버렸다.

그럼에도 클레반은 조용했다.

허공만 바라볼 뿐이었다.

"기억이…… 나질 않아."

진정제를 복용한 이후 처음으로 중얼거린 클레반, 이안을 자객 취급할 때와는 목소리 자체가 사뭇 달랐다. 조금 더 성숙해진 느낌이라고 표현할 수 있을까?

"내가…… 누구였지?"

누구도 들어줄 리가 없는 물음.

그 말이 허공으로 퍼져나가는 순간이었다.

"나도 궁금하군."

웬 청년의 나지막한 목소리가 들려왔다.

동시에 그 형체까지 스르르 나타났다.

"누구데 아티팩트를 다룰 줄 알지?"

밝은 갈색의 머리칼을 가진 여행객.

투명화 마법에서 빠져나온 이안이었다.

"……?"

불과 몇 시간 전과는 달랐다. 처음 만났을 때엔 자객 취급을 하며 맹렬히 달려들더니만, 지금은 언제 그랬었냐는 듯 무미건조한 표정과 눈빛으로 이안을 응시했다.

"날 기억하지 못하나?"

클레반은 좀처럼 입을 열지 못했다. 아까는 극도의 흥분상태였던 탓에 말이 통하지 않았는데, 지금은 꿀 먹은 벙어리가 되어 말이 통하지 않았다. 어느 쪽이든 답답한 건 매한가지였다.

'미첼 그린리버가 만났다던 그 장인은 아닐 테고.'

약 삼백여 년이란 세월의 흐름을 차치하더라도, 클레반은 일기장에 묘사된 장인의 특징과 전혀 다른 존재였다. 검은 머리카락도, 시체처럼 창백한 피부도 없었다.

"내 말, 알아듣겠어?"

이안이 그린리버 제국어로 운을 띄워봤다. 여러 언어에 능통했다는 일기장의 묘사를 확인해 보기 위함이었다. 물론 클레반은 알아듣지 못한 듯 눈만 껌뻑거리는 게 전부였다.

'뭔가 연관이 있는 건 확실한 것 같은데.'

그럼에도 이안은 장인과 클레반의 연관성을 함부로 일축시킬 수 없었다. 아티팩트의 원리를 나루는 능력, 바로 그 확실한 공통점이 둘 사이에 존재하고 있었으니까.

'간접적이든, 직접적이든.'

분명 연결고리를 갖고 있을 터.

이 꼬마가 또 다른 장인이거나.

혹은 장인의 후계자 중 하나거나.

기타 관계를 가진 제3의 누군가거나.

가능성은 상당히 많았다.

'시작부터 운이 좋았다.'

글쎄, 과연 행운뿐이었을까?

어찌 되었든 단서를 찾아냈다.

생각보다 쉽고 빠른 결과였다.

"꽤 신기한 재주를 갖고 있던데……."

이안이 눈을 가늘게 뜨며 읊조렸다.

클레반이 알아들을 수 있는 공국의 말이었다.

"그 재주, 어디서 배운 거지?"

"……."

물론 클레반의 대답은 돌아오지 않았다.

하나 여기서 멈춘다면 이안이 아닐 터.

계속해서 묻고 싶은 질문을 이어갔다.

"촌장을 도와주는 이유가 따로 있나?"

"……."

"예를 들자면, 협박당하고 있다거나."

"……."

"폭행의 흔적은 없는 것 같고, 약물인가? 아니면……."

"그, 그만……."

이안의 계속되는 질문에 클레반이 머리를 부여잡았다. 진정제의 효과 때문일까? 아직 정상적인 사고가 불가능한 것 같았다.

"흐음."

그 괴로워하는 모습에 이안이 자신의 턱을 매만졌다. 이대로 질문을 던져봐야 시간 낭비였다. 이 클레반이란 꼬마로부터 단서를 얻어내기 위해서는, 어떻게든 정상적인 사고력부터 되찾아주는 게 우선일 것이리라.

'그 촌장 놈부터 만나봐야겠군.'

클레반을 어찌 알게 되었는지, 어떻게 데리고 있는 건지, 특별한 능력이 있다는 사실은 어찌 알아챘는지, 기타 등등 그 촌장이란 자에게 물어볼 사항들이 참으로 많아졌다.

'순순히 대답해 주지는 않겠다만……'

이번에야말로 '무력의 힘'이 필요한 순간이었다. 애당초 놈은 수면제까지 사용해 가며 이안을 노리지 않았던가? 망설일 필요가 조금도 없었다.

"한숨 자고 있어라."

이안이 꼬마 클레반을 재워줬다.

정신적으로 불안해 보인 까닭이었다.

이럴 때는 잠을 자는 게 최선일 터.

"그럼 이제……"

텔레포트 주문과 함께 창고 집에서 빠져나온 이안, 순간 이동의 목적지는 촌장한테 안내받았던 사랑방 내부였다. 조만간 촌장이나 그 수하들로부터 기별이 오겠지.

"괜찮으시다면, 저희와 같이 특별 예배를 올리시지요."

아니나 다를까, 얼마간 후 촌장 잭슨이 찾아와 예배 이야기를 꺼냈다. 드래곤 석상도 고쳐졌겠다, 안정적으로 '여행객 리안'을 털어먹어 볼 만반의 준비가 끝난 것 같았다.

"특별예배가 정확히 뭐죠?"

"저희 보르돈 마을에는 촌장인 저 말고도, 마을의 여러 문제를 분담해 관리하는 주민분들께서 여럿 계십니다. 행정상의 간부쯤이라고 설명해 드릴 수 있겠군요."

그 말에 이안이 조소를 삼켰다.

행정상의 간부들은 얼어 죽을.

함께 마을을 장악한 무리겠지.

"그 간부분들과 합동으로 올리는 예배입니다. 개인적인 바람과 사정을 기도하는 것에 국한되지 않고, 마을 전체를 돌보는 기도가 주된 예배지요."

"그런 자리에 외부인이 끼어도 되겠습니까?"

"안 될 건 없습니다. 아, 대신 특별예배는 마을 중앙의 석상에서 진행되지 않습니다. 따로 마련된 특별 예배당이 있죠. 딱히 차별을 두는 것은 아닙니다만, 평범한 기도가 아닌 만큼 조용한 예배를 선호하셔서……."

잘도 거짓말을 읊어대는 촌장 잭슨이었다.

이안 역시 거짓임을 어렵지 않게 알아챘다.

은밀하게 걸어둔 심문 마법의 효과였다.

"혹시 다른 곳에서 기도를 올리시는 게 내키지 않으신다면, 기다리셨다가 저녁 예배에 참석하셔도 괜찮습니다. 이건 어디까지나 제안이니까요."

촌장 잭슨은 괜한 의심을 사지 않도록 뒷말까지 덧붙였다. 물론 순순히 따라준다면 더할 나위 없으리라. 수하들을 특별 예배당, 그 허울뿐인 숲속에 집결시켜 뒀으니까.

"으음."

잠시 고민하는 시늉을 보였던 이안.

그가 곧 고개를 주억거리며 대답했다.

"그 특별 예배당이라는 곳도 궁금하군요."

"그러시다면……."

"참석하도록 하죠. 안내해 주시겠습니까?"

됐다.

이제 다 된 거다.

잭슨이 쾌재를 부르며 앞장섰다.

자칭 '특별 예배당'은 보르돈 마을과 조금 떨어진 숲속에 위치했다. 아주 지어낸 얘기는 아니었던 모양인지, 숲속 한복판에도 조잡한 드래곤 석상 하나가 세워져 있었다. 그 주변으로는 촌장이 말했던 행정상의 간부들, 즉 수하들의 모습도 보였다.

"여깁니까? 생각보다 가깝네요."

이안이 촌장 잭슨에게 말했다.

그럼에도 대답은 들리지 않았다.

딱히 확인해 볼 필요조차 없었다.

잭슨의 가식은 딱 여기까지였다.

빠악!

대답 대신 돌아온 것은 몽둥이, 그리고 뒤통수로부터 느껴지는 얼얼한 통증이었다. 동시에 이안의 상체 역시 앞으로 고꾸라졌다. 통증의 여파 때문일까? 적어도 촌장 잭슨과 그 무리는 그렇게 여겼다.

"그러니까, 약 먹고 자빠져 잤으면 얼마나 좋아? 그럼 우리도 편하고, 댁도 편히 갔을 텐데. 하여간 운도 지지리 없어요. 지지리."

이안의 휘청거림을 확인한 잭슨의 말투가 돌변했다. 마을에서 보여줬던 그 사근사근하고 정중했던 태도는 온데간데없었다.

"우리도 이러고 싶진 않았거든. 이만 손 씻고 살려고 마을하나 접수한 거 아니겠어? 근데 인간한테는 왜, 그 버릇이란 게 있잖아? 직업병 같은 거."

촌장 잭슨이 이안에게 뚜벅뚜벅 다가왔다. 아까까진 볼 수 없었던 음흉한 미소와 함께였다. 다른 사람이라 해도 속아 넘어갈 정도였다.

"그걸 왜 자꾸 자극하느냐~ 이 얘기야. 그것도 얼굴에 노잣돈 많은 티까지 팍팍 내고 다니면서. 엉? 그 기름기 좔좔흐르는 면상이 눈에 보이는데! 참을 수가 있어야지."

잭슨과 총 열아홉 명의 수하들은 과거, 로 공국 일대에서 활동했던 인신매매 업자였다.

지금은 보르돈 마을에 정착해 왕처럼 군림하고 있었으나, 가끔씩 지나가는 여행객들을 털어먹기도 했다.

가진 것을 빼앗고 은밀하게 죽이든가, 경우에 따라선 옛 경험을 되살려 현직 업자들에게 팔아넘겼다. 평소 잭슨과 무리의 표현을 빌리자면, 일종의 '취미생활'이었다.

"그냥 마음 편하게, 운이 좀 나빴다고 생각하시라고."

잭슨이 단검 한 자루를 꺼냈다. 그러자 수하들 역시 익숙한 듯 이안부터 일으켜 세웠다. 이안은 여전히 아무 말도 하지 않았다.

한껏 떨궈진 고개가 겁에 질린 것처럼 보였다.

"한 따까리하는 놈인 줄 알고 죄다 모아놨더니만, 이거 내가 괜한 짓을 한 것 같구먼."

손에 쥔 단검을 빙그르 돌려본 잭슨.

그가 이안의 복부에 칼을 찔러 넣었다.

망설임은 물론, 거리낌조차 없는 것 같았다.

"……엉?"

한데 잭슨의 고개가 갸우뚱 돌아갔다.

손으로 전해져야 할 느낌이 이상했다.

살을 파고드는 특유의 감각이 없었다.

"뭐, 뭐야?"

황급히 단검을 거둔 잭슨의 두 눈이 휘둥그레졌다. 단검의 날붙이가 통째로 사라져 버린 탓이었다.

원래부터 날 부분이 없었던 물건처럼 손잡이만 덩그러니 남았다는 얘기다. 잭슨은 눈치챌 수 없었으나, 이는 바로 이안이 펼친 '웨폰 브레이크' 주문의 효과였다.

"이게 왜……?"

잭슨이 당혹스러운 눈으로 이안을 바라봤다.

방금만 해도 고개를 푹 떨구고 있지 않았던가?

분명 그랬던 자가 어느새 얼굴을 들고 있었다.

아주 살벌하면서도 무감각한 눈빛이 느껴졌다.

'가, 갑자기 눈빛이…….'

잭슨은 이안을 속였다. 마을에선 한없이 정중하고 서글서글했던 젊은 촌장의 모습이었지만, 숲속으로 들어온 이후부터는 본색을 드러냈다. 그런데…….

"운이 나쁜 건 너희들이겠지."

"……뭐?"

이 숲속에서 본색을 드러내기 시작한 존재.

아무래도 잭슨 자신뿐만이 아닌 것 같았다.

"으, 으아아아악!"

가장 먼저 비명을 터뜨린 쪽은 잭슨의 수하들이었다. 이유는 간단했다. 이안을 붙잡고 있었던 손바닥으로부터 엄청난 고통이 느껴졌으니까.

마치 화상과도 같았지만, 불의 영향은 아니었다. 오히려 정제된 냉기가 이안의 몸뚱이에서 피어올랐다.

"내가 무감각해진 건지, 아니면 이 머리통에 문제라도 생긴 건지. 요즘은 화가 잘 안 나. 너무 말도 안 되는 적이 생겨서 그런가?"

이안이 자신의 뒤통수를 훔쳤다.

붉은색 피가 여실히 묻어났다.

그는 잭슨의 기습을 알고 있었다.

그런데도 최소한의 방어 주문만 펼쳤다.

딱 두뇌와 장기만 보호되는 주문 말이다.

덕분에 얼얼한 통증이 전신으로 느껴졌다.

"아프네."

피 묻은 손을 탁탁 털어버린 이안.

순식간에 말라붙은 피가 가루처럼 흩날렸다.

"이제야 화도 좀 나는 것 같고."

이제 화가 좀 나는 것 같다.

그 나지막한 목소리가 끝나는 동시에.

후우우우우웅-!

강렬한 마나의 기운이 사방으로 퍼져 나왔다. 뿐인가? 이
안을 붙잡았던 수하들의 몸뚱이가 순식간에 사라졌다.

육신이 갈기갈기 찢어진 것도, 화마에 불타 사라진 것도
아니었다. 표현 그대로 '증발'해 버렸다. 외마디 비명은커녕
핏물조차 남길 수 없었으니까.

"어...... 어?"

잭슨의 입이 쩍하고 벌어졌다.

아직 상황조차 파악하기 힘들었다.

도대체 뭐가 어떻게 되어버린 거지?

"이렇게까지 하고 싶진 않았다고?"

잭슨의 칼부림에 일 말 거리낌이 없었듯, 이안 역시 일련의 행위에 아무런 가책도 느끼지 못했다.

이들은 이안이 정해둔 '범주'를 넘어선 존재였다. 이안을 협박했던 도둑 길드도, 윗선의 결정으로 징집되었던 콜드우드 제국의 군대도, 자식을 살리고자 고군분투했던 드래고니안 에반투스도. 모두 그 기준을 넘지 못했기에 살생하지 않았다.

"그건 내 입장도 마찬가지야."

하지만 그 반대로 이안의 손에 죽어 나간 존재들, 예컨대 어머니를 욕보였던 모그리안 영지의 병사부터 레디오를 공격했던 비적들, 콜드워커의 암살자와 라그나르 그린리버까지. 그들은 모두 이안만의 '범주'를 넘어섰고, 예외 없이 죽음을 맞이했다.

"근데 나한테도, 너희들처럼 버릇이 하나 있어."

촌장 잭슨을 포함한 보르돈 마을의 사기꾼들은 후자에 속했다. 조금 애매한 부분이 없지 않아 있었으나, 조금 전부터 확실해졌다. 이제 놈들도 범주를 넘어섰다.

"쓰레기가 눈에 띄면, 가급적 치우는 편이거든."

"무슨……."

저 외부인 놈을 붙잡았던 부하 셋이 순식간에 고깃덩이가 되어버렸다. 바람 같은 게 부는가 싶더니 펑! 하고 폭발했다는 얘기다.

잭슨은 물론 나머지 수하들도 당혹스럽긴 마찬가지였다.

"서, 서, 설마……!"

그러나 당혹스러움도 잠깐일 뿐, 상황을 인지하면 인지할
수록 공포가 오감을 마비시켰다. 애당초 당혹스럽다는 표현
으로 국한 시킬 수 있는 상황이 아니었다.

"마, 마, 마, 마법사……?"

이 비현실적인 현상을 설명할 수 있는 단어는 오직 하나,
바로 '마법'이었다. 인즉 저 밝은 갈색 머리칼의 외부인이 '마
법사'란 뜻이리라.

"으, 으, 으아아악!"

그 사실을 모두가 깨달았다. 우두머리인 잭슨도 알아챘다.
하지만 이제 와서 알아챈들 무엇 할까? 그들은 전부 마법사
이안 페이지의 영역에 갇힌 지 오래였는데.

"죽기 싫으면."

이안의 목소리가 모두의 귀로 들어갔다.

마나가 잔뜩 섞여 들릴 수밖에 없었다.

"움직이지 마."

그 한마디면 충분했다.

모두가 제자리에 멈췄다.

잭슨도, 열여섯 명의 수하들도.

그들은 아직 죽고 싶지 않았다.

"지금부터 내가 질문을 시작할 건데, 누가 대답하든 상관은 없어. 그냥 아는 대로 대답해 주는 게 좋을 거야. 무슨 소린지 알겠지?"

이안이 동의를 구하듯 묻자 겁에 질린 사내들의 고개가 일제히 끄덕여졌다.

"클레반, 그 아이에 대해서 알고 있는 걸 말해. 어디서 만났는지, 왜 너희를 돕고 있는 건지, 그 아이한테 특별한 재능이 있다는 사실은 어떻게 알아냈는지. 뭐든 좋으니까."

그 질문에 잭슨 패거리의 대답이 봇물 터지듯 터져 나왔다. 너 나 할 것 없이 알고 있는 모든 기억을 고해바치기 시작했다.

살고자 하는 열망이 진득하게 느껴졌다.

"워, 원래 기억을 잃고 떠돌던 부랑아입니다."

"성격이 하루가 다르게 벼, 변하더군요."

"처음엔 사내놈이 생긴 게 반반하고 어려서, 그쪽 취향을 가진 귀족한테 팔아넘기려고 했습니다만……."

"워낙 정신에 하자가 있는 놈인지라 팔리질 않아서……."

"가만두니까 웬 조각상을 만들기 시작했는데……."

"집요할 정도로 드래곤 모양만 만들었습니다."

"그놈이 만든 조각이 조금 시, 신기했습니다."

"조각에서 빛이 나오고, 소리도 들리고……."

"그, 그래서……."

놈들이 대답은 참으로 다양했다.

하지만 모두 사실인 것 같았다.

이야기가 큰 줄기로 흘렀으니까.

'요약하자면……..'

놈들의 말을 요약하자면 이랬다.

잭슨 패거리는 본디 공국 내 귀족들에게 온갖 용도의 노예들을 공급하던 인신매매 업자였다.

언제나처럼 팔아먹을 인간을 물색하던 도중, 기억을 잃은 채 떠도는 소년 클레반을 생포했다. 처음에는 반반하고 어려서 그쪽 취향의 귀족한테 필아치우려고 했으나, 다중인격이란 문제가 처분의 발목을 잡았다.

'그러던 와중에 드래곤 조각상을 만들기 시작했고.'

한데 그 결과물이 상상 이상이었다는 얘기였다.

스스로 빛을 발하며 소리까지 내는 마법의 조각상, 잭슨은 이거다 싶었다. 마침 귀족들의 비위나 맞춰가며 개처럼 사는 것도 지겨웠던 참에, 자신들 역시 귀족이나 왕처럼 살아볼 방도가 떠올랐다.

'바로 계획을 꾸몄다.'

그때부터 잭슨과 그 무리는 계획을 세웠다.

먼저 사이비 종교를 지지대 삼아 구석진 마을에 정착했다. 그 마을이 바로 흉년과 약탈에 시달리던 보르돈 마을이었다.

자신들을 '용의 사제'라 소개하며 드래곤 석상을 보여줬고, 먹을 것과 입을 것까지 지원해 주며 안정적으로 스며들었다.

'그다음부터는 일사천리였겠지.'

놈들은 그렇게 마을을 장악했다. 마을 관리를 명받은 귀족 가문의 중간 관리자조차 뇌물을 먹여놨으니, 표현 그대로 독립된 자치 마을이 탄생해 버린 셈이었다.

"흐음."

이안이 팔짱을 낀 채 생각했다.

놈들의 이야기는 딱 거기까지였다.

클레반의 출신지나 정체는 모르는 것 같았다.

"부디 선처를……."

"제발 살려주십시오! 제발……."

"한 번만, 한 번만 살려주신다면……."

놈들의 애원이 계속되는 가운데.

이안의 나지막한 목소리가 이어졌다.

"부족한데."

잭슨과 그 무리에게는 청천벽력과도 같은 소리였다. 부족하다니, 그들은 진심으로 모든 것을 얘기했다. 오직 살고자 하는 일념 하나로 한 톨의 거짓조차 내뱉지 않았거늘.

"중요한 게 빠진 느낌이야."

"더, 더는 드릴 말씀이 없……."

"말해. 없어도 한번 짜내봐."

"그, 그, 그, 그게, 그……."

말까지 더듬는 잭슨과 무리.

모두의 시선이 잭슨에게 쏠렸다.

놈이야말로 우두머리 아니겠는가?

제발 뭐라도 해보라는 눈빛이었다.

"그러니까…… 그……."

"없나 보군."

"프, 프, 프란! 프란!"

"……?"

잭슨의 말에 이안의 표정이 일순간 굳어버렸다.

프란, 분명 익숙한 단어였다. 문제는 그 단어가 왜 여기서 튀어나온단 말인가? 전혀 생각지 못한, 뜬금없는 단어인데.

"……자세히."

"그, 그놈이 가끔 그나마 정상적인 인격으로 말할 때가 있었습니다. 저도 딱 한 번 봤는데, 그때 그놈이 그랬습니다! 프, 프란 님은 어디에 계시냐고, 더는 영생 따위 필요 없다고. 무슨 헛소린가 싶어서 무시하긴 했습니다만……."

심지어 사람의 이름이란다.

물론 프란이란 이름은 흔하다.

어느 국가에서나 쉽게 볼 수 있다.

문제가 있다면, 아무리 흔하다고 해도.

'돌아가신…… 아버지의 이름.'

그게 돌아가신 아버지의 이름이라면 얘기가 달라질 터. 분명 아버지의 성함이 '프란 페이지'였다.

모름지기 남자의 이름은 쉬운 것이 좋다며 아들 이름까지 '이안'으로 지어줬던 양반, 이안 역시 흔해 빠진 이름 중 하나였다.

'왜 하필 아버지의 이름이……?'

물론, 어디까지나 우연의 일치일 가능성이 높았다. 다시 한번 말하지만 흔해 빠진 이름이니까. 그럼에도 심장이 두근거렸다.

잊고 있었던 아버지의 이름을 너무 갑작스럽게 들어서일까? 좀처럼 진정되지 않았다.

'아버지는 분명…….'

이안이 아버지에 대해 아는 점이라곤 극히 일부였다.

해봐야 프란 페이지란 이름을 가졌다는 점, 귀족도 아니면서 페이지란 성을 강조했다는 점, 일평생 떠돌이 모험가였지만 어머니를 만나 정착했었다는 점, 그리고…… 오크라는 별명이 붙었을 정도로 외모의 수준이 떨어진다는 단점까지.

"……."

이안이 한동안 침묵하자, 슬슬 눈치를 살피기 시작하는 잭슨과 패거리들이었다. 이제 자신들을 살려주는 걸까? 그런 희망이 새록새록 피어날 때쯤.

"또 없나?"

"이, 이제 정말로 없습니다. 저희가 드릴 수 있는 얘긴 모두 최대한으로 쥐어짜 냈습니다! 정말입니다! 제발 믿어주십시오!"

잭슨이 넙죽 엎드리며 애원했다.

나머지 수하들도 마찬가지였다.

그들은 살고자 최선을 다했다.

하지만.

"믿어주도록 하지."

"가, 감사합니다! 정말 감사……."

"살려준다고 한 적은 없는데."

"……?"

잠시 혼란에 빠졌던 잭슨과 무리.

이윽고 이안의 말뜻을 이해해 냈다.

놈은 처음부터 살려줄 생각이 없었던 거다.

"이, 이 찢어 죽일 새끼가……!"

"그건 너희들이고."

딱 거기까지였다.

아주 깔끔하게 정리되었다.

잭슨과 나머지 열여섯 부하.

그들의 길고도 더러웠던 인생사가.

핏물 한 방울, 살점 한 조각.

아무것도 남기지 못했다.

"후우."

홀가분한 표정으로 숲을 빠져나오기 시작한 이안, 표정과 달리 속내는 복잡했다. 하필이면 아버지의 이름이라니, 우연의 일치라 여기면서도 좀처럼 떨쳐낼 수가 없었다.

'클레반, 그 꼬마의 정신을 온전히 만드는 게 우선이다.'

녀석의 입으로 확실한 얘기를 들어야겠다.

그래야 이 복잡함도 떨쳐질 것 같았다.

"음?"

그렇게 숲속에서 빠져나온 이안.

눈앞으로 이상한 광경이 펼쳐졌다.

'마을 주민들……?'

특별 예배당이 자리 잡은 숲과 보르돈 마을의 경계선, 그곳에 마을 주민들이 우르르 몰렸다. 저마다 무기가 될 만한 것들. 예컨대 조잡한 쇠붙이와 단검, 몽둥이 등을 쥐고 있었다.

"초, 촌장님과 간부분들께 무슨 짓을 하신 게요?"

주민 중 가장 나이 많은 자가 앞장서 물었다. 목소리부터 덜덜 떨렸지만, 가진바 용기를 최대한으로 쥐어짜 낸 모양새였다.

'……이런.'

또한, 그 물음 덕에 이안 역시 깨달을 수 있었다. 보르돈 마을의 주민들이 왜 무기까지 들고 몰려왔는지를 말이다. 우선 잭슨 무리의 소리가 마을에 닿았을 가능성이 컸다. 제아무리 깔끔하게 처리했다고 한들, 중간중간 새어나간 비명까지 막긴 어려웠으니까.

'게다가 심취했지. 동화되었을 가능성이 크다.'

이들은 모두 잭슨 패거리의 사이비 교단 행각에 장기간 속아온 사람들이다. 아마 자신들이 속았을 거란 인식조차 없을 거다.

그들한테 잭슨 패커리는 구원자이며 보호자, 그 자체였으리라.

"그놈들은 인신매매 업자 출신이며, 마법이 걸린 석상으로 보르돈 마을의 여러분들을 속인 겁니다. 아주 계획적으로 말이죠."

"마, 말도 안 되는……!"

이안은 설명을 해보고자 했다.

그러나 씨알도 먹혀들지 않았다.

이게 바로 사이비 교단의 위력이었다.

주민들의 맹목적인 믿음은 강철보다 단단해졌다. 그 잘못된 맹신을 깨부수기란 불가능에 가까웠다.

특히 이들처럼 구석진 마을까지 내몰렸던, 쿡 찌르면 구구절절한 사연이 흘러나올 법한 사람들일수록 더욱 그랬다.

'난감하군.'

이안 역시 보르돈 마을의 사람들을 구해주고자 나선 것은 아니었다. 다만 상황이 그렇게 흘러갔고, 겸사겸사 쓰레기들까지 치워줬다. 오직 그뿐이거늘.

'어쩌지?'

도대체 어찌 대처해야 좋을까?

그냥 무시하고 갈 길이나 갈까?

이안의 고민이 깊어지는 무렵. 해결책 하나가 불현듯 떠올랐다.

'그래, 어차피 근본적인 해결책은 없어.'

이들은 이미 사이비 종교에 심취한 자들이다.

해결책을 찾기란 불가능에 가까우며, 그 세뇌에 가까운 상태를 고쳐줄 의무 또한 이안에게 없었다. 대신…….

'나은 방향으로 유지 시켜 줄 순 있을지도.'

이안이 마음을 먹기가 무섭게 새하얀 빛줄기가 뿜어졌다. 텔레포트 주문의 효과였다. 그 느닷없는 공간이동의 목적지는 바로 에반투스의 보금자리, '드래곤 레어'였다.

"에반투스 님."

이안이 급히 에반투스를 찾았지만, 그는커녕 아들의 모습도 보이지 않았다. 대신 저 멀리 구석으로 에반투스의 딸이 그물침대에 누워 뒹굴고 있었다. 참 한가로워 보였다.

(……응?)

그랬던 그녀가 둥지 한복판에 나타난 이안을 발견했다. 꽤나 당황한 모양인지 침대에서 벌떡 일어났다.

아까부터 시간이 가는 줄 모르고 읽고 있었던 인간 세상의 서책까지 떨어뜨렸다. 책 제목은 '그린리버의 마법사', 저자는 '루카 루카'였다.

만약 이안이 봤다면 누군가를 떠올렸겠으나, 아쉽게도 거리가 멀었다.

(너, 너는?)

"에반투스 님께서는 어디 계십니까?"

(그야 오라버니와 가고일의 행방을…….)

"아, 그렇겠군요."

뒤늦게 생각난 듯 고개를 끄덕거린 이안.

그가 에반투스의 딸에게 말했다.

"혹시 에반투스 님께서 용의 교단을 운영하실 때 말입니다. 따님께서 직접 업무를 도와드리거나, 직접 전면에 나서 보신 경험이 있으십니까?"

(가, 가끔 고위 단원들을 관리해 본 적은 있다.)

"그거 좋네요. 성함이 어떻게 되시죠?"

(내 이름은 왜…….?)

"필요해서요."

그 간단명료한 대답에 에반투스의 딸이 입술을 깨물었다. 참으로 건방진 인간이다. 하지만 거역할 수가 없다.

그는 아버지인 에반투스조차 압도하는 마법사, 심지어 자신과 오라비의 명줄까지 늘려줬다. 그러한 인간을 어찌 함부로 대하겠는가?

(……헤르넬리아.)

그녀가 작은 목소리로 자신의 이름을 언급했다.

에반투스보다 훨씬 발음하기 쉬운 이름이었다.

적어도 이안의 혀 위에서는 그랬다.

"헤르넬리아 님. 좋습니다. 급한 대로 헤르넬리아 님께서 저를 좀 도와주셔야 할 것 같은데, 괜찮으시겠습니까?"

(가, 갑자기 무슨……?)

이안이 대답 대신 손을 뻗었다.

헤르넬리아의 어깨를 잡기 위함이었다.

"가보시면 압니다."

이럴 거면 괜찮겠냐고 왜 물어본 걸까? 어찌 되었든 새하얀 빛줄기가 헤르넬리아와 이안을 집어삼켰다. 물론 그 목적지는 보르돈 마을의 주민들 앞이었다.

"허억!"

이안의 재등장에 몰려있던 주민들이 크게 놀랐다.

갑자기 사라지더니만, 다시금 갑자기 나타났다. 심지어 누군가를 데려왔다. 동료라도 끌고 온 걸까? 한데 그 동료의 생김새가 이상했다.

사람과 흡사했지만, 결코 사람의 모습이라고 볼 수 없었다. 붉은 날개, 붉은 꼬리, 머리 위로 솟아난 두 개의 뿔,

파충류를 연상케 하는 눈동자, 그리고 그 모든 특징과 상반되는 미모까지. 저것이 정녕 사람이란 말인가? 아무리 봐도 인간이라기보다는…….

"드, 드래곤……?"

마을 주민 하나가 홀린 듯 중얼거렸다. 흔히 도마뱀과 흡사하다고 알려진 모습과는 달랐지만, 몇 가지 특징만큼은 드래곤을 떠올리게 하기 충분했다.

'좋아. 짐작대로다.'

주민들의 반응은 이안이 예상했던 그대로 흘러갔다. 이제 마지막 쐐기만 박아 넣는다면 복잡한 상황들을 해결할 수 있을 터.

"이분께서 물려받은 성함은 헤르넬리아."

예정에는 없었던, 이안의 일장연설이 시작되었다.

"여러분에게 응답을 내려주시는 드래곤, 바로 그분들의 후손이십니다. 거짓된 자들에게 놀아나는 여러분의 모습을 보다 못해, 헤르넬리아 님께서 직접 내려오셨습니다."

(무, 무슨 헛소리를……!)

"이제 아시겠습니까? 저는 그저 사기꾼들을 단죄했을 뿐입니다. 이제부터는 드래곤의 후손이신 헤르넬리아 님께서 여러분을 직접 이끌어주실 터이니, 잘못된 믿음을 하루빨리 버리시고 새 믿음을 깨우치십시오."

헤르넬리아의 얼굴에 어리둥절함이 피어났다.

다짜고짜 이상한 인간들 앞으로 데려와서는 무슨 헛소리를 하는 걸까? 문제가 있다면 바로 저 인간들이었다. 그녀를 바라보는 눈빛들이 급격하게 변해가고 있었으니까.

"오, 오오……!"

"드래곤의 후손이시여!"

"드디어 강림하셨나이까!"

"저희를 구원해 주시기 위하여!"

"부디 저희를 구원해 주소서!"

광적인 반응에 당황하기 시작한 헤르넬리아.

그녀가 뭐라고 반문을 내뱉고자 했지만.

"경험 좀 살려서, 당분간만 부탁드릴게요."

(뭐? 내, 내가 왜……?)

"어차피 할 일도 없으시지 않습니까?"

(할 일이 없다니!)

"뒹굴면서 책이나 읽으시고."

(그, 그건…….)

헤르넬리아의 얼굴이 새빨개졌다.

가뜩이나 머리칼도 붉은색, 날개도 붉은색, 꼬리도 붉은색, 눈동자조차 붉은색인데, 이제는 아예 온몸이 붉어질 기세였다.

"때가 되면 오겠습니다."

(자, 잠깐!)

"그래도 순수하게 드래곤을, 그러니까 헤르넬리아 님의 증조부를 믿는 분들이십니다. 자손으로서 책임은 지셔야죠. 그게 마땅하다고 봅니다만."

(무슨 그런 억지…….)

"믿고 갑니다. 헤르넬리아 님을 믿는 게 아니라, 에반투스 님의 가정교육과 붉은 용 핏줄의 숭고함을 믿어보도록 하죠. 그럼."

헤르넬리아는 계속 따지고자 했다.

하지만 그럴 방도가 없었다. 그 대상이 되어야 할 이안이 빛줄기와 함께 사라져 버렸으니까. 심지어 그녀는 텔레포트조차 사용하지 못했다.

(이, 이게 도대체…….)

어이가 상실해 버린 듯 중얼거리는 그녀.

마른하늘에 날벼락도 이렇진 않을 거다.

"헤르넬리아 님!"

"헤르넬리아 님!"

"헤르넬리아 님!"

그런 헤르넬리아의 심정을 아는지 모르는지.

주민들의 외침만 하염없이 울려 퍼졌다.

3장
아티팩트 강화

마을 주민들을 에반투스의 딸 '헤르넬리아'에게 떠넘긴 채, 이안은 클레반이 갇힌 창고 안으로 돌아왔다.

　원래의 계획대로라면 클레반과 함께 저택에 돌아간 뒤, 놈의 기억과 정신을 살려낼 방법부터 모색해 보고자 했다.

　"……?"

　그런데 상황이 조금 달라졌다. 슬립 주문으로 잠재웠던 클레반은 어느새 깨어나 있었으며, 창고 내 구비 된 몇 가지 도구와 재료로 조그마한 나무 조각상을 만들고 있었다.

　"앗, 오셨어요? 주인님!"

　척 보기에도 달라진 인격이 느껴졌다. 녀석은 이안을 '주인님'이라 부르고 있었는데, 딱 그 나잇대 어린아이의 목소리와 말투였다.

"어…… 그래."

이안은 일단 장단부터 맞춰줬다. 녀석이 정신적인 문제를 앓고 있는 이상, 최대한 조심스럽게 살펴볼 필요가 있었다. 특히 지금처럼 말이 통하는 인격이라면 더더욱 그랬다.

"조각상을 만드는 거니?"

"네. 주인님께서 좋아하시는 용이에요."

"주인…… 내가 좋아한다고?"

"네. 항상 그러셨잖아요? 용은 지상에서 가장 완벽한 생물체라고."

녀석이 제작 중인 나무 용 조각상은 생각보다 남다른 구석이 있었다. 마을 중앙에 설치된 조잡한 석상과 비교하자면 하늘과 땅 차이였다. 이쪽은 정말 이안이 봤던 드래곤과 흡사한, 그야말로 생생함이 살아 있는 조각상이었으니까.

"실력이 대단하구나."

"헤헷, 다 주인님 덕분이죠."

주인님이라, 촌장 잭슨의 앞에서는 분명 '프란'이란 이름을 언급했다고 하던데, 그 프란이란 자와 저 주인님이란 존재가 같은 인물일까? 아니면 다른 인물일까?

'슬쩍 떠볼까?'

그런 생각이 떠오르는 찰나.

"주인님."

클레반이 조각하던 손을 멈춘 채 이안을 멀뚱멀뚱 바라봤다. 정확히는 이안의 손을 보고 있었다. 갑자기 왜 저러는 걸까?

"그…… 반지 말이에요."

"반지?"

이안은 총 두 개의 반지를 착용하고 있었다. 왼손으론 공주와 나눠 낀 은반지가, 오른손으론 모그리안 가문으로부터 귀빈의 증표로 받은 아티팩트, 모그리안 링이 그 정체였다.

"오른손에 끼신 반지요."

클레반의 시선을 끌어당긴 반지는 바로 모그리안 링이었다. 잘 만들어진 아티팩트라서 그런 걸까? 아티팩트와 관련된 장인이라면 한 번쯤 흥미가 생길 법도…….

"너무 조잡한데요?"

"……응?"

이안의 예상이 보기 좋게 빗나갔다. 녀석은 모그리안 링을 흥미롭게 쳐다보지 않았다. 단지 '손볼 부분이 한두 개가 아닌 조잡한 반지' 쯤으로 치부했을 뿐.

"주인님, 잠깐만 그 반지 좀 빼주시겠어요?"

"빼달라고? 왜?"

"빨리요. 진짜 잠깐이면 돼요."

그 말투가 마치 칭얼거리는 어린아이 같았다. 지금의 인격은 도대체 어떤 배경과 사유가 담긴 인격일까? 약간의 상상과 함께 모그리안 링을 손가락에서 빼낸 이안이었다.

"망가뜨리면 안 된다?"

"당연하죠. 제가 실수하는 거 보셨어요?"

"……확실히 본 적은 없지."

그야 몇 시간 전에 처음 만났으니까.

피식 웃은 이안이 반지를 건네줬다.

"음……."

그러자 녀석의 눈빛이 돌변했다. 아이 같았던 표정은 온데 간데없었다.

제법 깐깐한 전문가처럼 느껴졌다.

"생각보다 문제가 많네요."

"어떤 문제가 있는데?"

"말로 설명을 드리긴 어렵고…… 좀 오래 걸릴 것 같아요."

말을 아낀 클레반.

녀석이 조각칼을 집어 들었다.

그 모습에 이안의 갸우뚱거렸다.

저 부실한 칼로 무엇을 하겠다고?

반지에 흠집조차 낼 수 없을 텐데?

우우웅-!

하지만 그 의문은 금세 풀어졌다.

녀석이 조각칼에 마나를 입혔으니까.

더불어 이안의 눈이 동그랗게 떠졌다.

'마법사였나?'

이안의 상식으로는 그럴 수밖에 없었다.

물건에 마나를 입히는 행위는 오직 마나 브레인과 마나 하트를 가진 존재, 마법사만의 전유물 아니겠는가? 그 상식에 빗대자면 클레반은 명백한 마법사였다.

'아니, 마법사라기에는……'

잠시 생각했던 이안이 고개를 저었다. 마법사라기엔 의문스러운 점이 제법 많았다. 저 정도 마나의 운용이 가능한 마법사라면 최소 3클래스 이상의 경지일 터, 한데 녀석은 이안의 슬립 주문 한방에 그대로 잠들어버렸다.

순전히 평범한 꼬맹이를 대상으로 했던, 아주 미약한 수준이었는데도 저항해내지 못했다는 얘기다.

'3클래스 수준의 마나가 있다면, 저항했을 텐데?'

기억을 잃은 것과는 관계가 없었다.

육신의 마나가 스스로 저항할 테니까.

"흐음."

이안이 클레반을 바라봤다.

참으로 의문투성이인 꼬마였다.

어쩌면 꼬마가 아닐지도 모르겠다.

'더 지켜봐야겠지.'

이윽고 클레반의 '작업'이 시작되었다.

조각칼 끝 마나가 반지를 어루만졌다.

실낱처럼 세밀하면서도 과감한 손놀림.

그 긴장감 속에서 얼마나 지났을까?

이윽고 마무리가 되는 것 같았다.

"휴우! 자, 받으세요."

"다 끝난 거야?"

"만족하실지 모르겠네요."

이안이 모그리안 링을 건네받았다.

'별로 달라진 건 없는데…….'

겉보기로는 차이점이 없었다.

착용해 봐야 알 것 같은데.

'어……?'

모그리안 링을 착용한 이안.

그의 안색이 급변하기 시작했다.

착용함과 동시에 느껴지는 체감.

그 달라진 느낌을 정의하자면.

'차원이 다르다.'

모그리안 링의 능력은 '마나 회복력의 상승'이라고 단정 지을 수 있다.

한데 그 상승의 정도가 차원이 달라졌다는 얘기다. 회복력은 물론이거니와, 근본적인 마나의 한계치까지 상승시켰다.

'등급이 달라졌어.'

전생의 상아탑은 확인 가능한 아티팩트에 등급을 매겼다.

능력에 따라 최하급부터 최상급까지 다양하게 분류했는데, 모그리안 링의 경우 '하급'에 속하는 아티팩트였다. 분명 그랬거늘.

'이건 최소한으로 잡아도 상급 이상이다.'

그나마 이안 본인이 착용했기에 체감도 약한 거다. 만약 이 달라진 모그리안 링을 3클래스 이하의 마법사가 착용한다면?

'클래스 자체가 달라지겠지.'

적어도 마나의 총량과 회복력에 한해서는 클래스 자체가 한 단계 올라가는 효과를 누리게 될 터, 그야말로 무지막지한 능력이 아닐 수 없으리라.

'엄청나군.'

잠시 반지의 효능을 만끽했던 이안.

그가 서둘러 목에 걸린 목걸이를 의복 밖으로 꺼냈다. 지금 이안에게는 대초원의 지팡이도, 미첼 그린리버의 로브도 없었다. 모그리안 링과 황비의 아뮬렛이 전부였으니, 급한 대로 목걸이부터 꺼내 보였다.

"이건 어때?"

"어? 목걸이네요?"

이안이 목걸이를 풀어 클레반에게 건넸다.

"혹시 이것도 어딘가 조잡하다거나……."

이안의 목소리가 사뭇 조심스러웠다.

그러면서도 기대감이 가득했다.

답지 않은 설렘이었다.

"우음, 이건 괜찮은데요?"

"괜찮다고?"

"네. 이 정도면 뭐, 완벽에 가깝죠."

"……그래?"

"누가 만든 거예요?"

"글쎄, 나도 모르겠구나."

이안은 애써 실망감을 숨겼다.

동시에 의문스러움이 느껴졌다.

황비의 목걸이가 완벽하다고?

'이게 완벽하다고 말할 정도인가?'

물론 잘 만들어진 아티팩트 목걸이였다.

능력도 괜찮고, 외관 역시 깔끔했으니까.

다만 '완벽'하다고 표현할 정도인가는 의문이 생겼다. 방금 클레반의 손으로부터 재탄생된 모그리안 링과 비교하자면 한참 떨어지는 능력을 가졌거늘, 어째서일까?

'기준이 다를 수도 있겠지.'

무릇 아는 만큼 보이는 법. 가볍게 넘어간 이안이 아공간 주머니를 꺼냈다. 헥토르 콜드우드가 보내준 선물, 아티팩트의 재료로 추정되는 비단을 꺼내기 위함이었다.

"그럼 이 비단은……."

이안이 푸른색 비단을 펼쳐 클레반에게 보여줬다.

혹시 이 비단으로 무언가 제작할 수 있진 않을까? 가능하다면 굳이 일기에 기록된 장인을 찾아다닐 필요도 없으리라.

"……."

그런데 조금 이상한 낌새가 느껴졌다.

클레반의 눈빛과 표정이 달라졌다.

이안에게도 익숙한 얼굴이었다.

저 눈빛과 표정, 기억난다.

그러니까, 분명히…….

'처음 만났을 때…….'

이안의 생각이 거기까지 닿는 순간.

"자객! 또 나타났느냐!"

"이런."

이안의 고개가 절레절레 저어졌다.

정신 나간 꼬맹이로 돌아온 모양이었다.

이래서 잭슨 패거리도 처분이 힘들었나 보다.

"이 자객 놈! 이번에야말로 요절을 내주마!"

"후우…… 일단 한숨 자라."

"헛소리!"

"깨어날 땐 아까 그놈으로 돌아오고."

슬립 주문이 클레반을 재웠다.

분명 마법사라면 저항을 할 텐데.

하는 척이라도 해내야 정상인데.

"쿠울…… 쿨……."

역시나 마찬가지였다.

저항은커녕 곧바로 잠든다.

보면 볼수록 신기한 놈이었다.

"그럼 이제……."

꺼냈던 마법의 비단부터 아공간 주머니로 넣었다. 혹시 모르니 창고에 뒹굴고 있는 조각 도구와 몇몇 재료, 결과물까지 싹 다 챙겨 담았다.

'또 챙길 게 남았나?'

창고 안을 구석구석 살펴본 이안.

한데 웬 돌덩이 하나가 눈에 띄었다.

구석진 곳에 뒹굴고 있던 돌덩이였다.

'글자……?'

그 돌의 표면에는 글자가 새겨져 있었다. 로 공국의 문자였는데, 조각할 때와 같은 방식으로 새겨놓은 것 같았다. 몇몇 고어가 섞여 있었으나 언어를 공부했던 이안에게는 문제되지 않았다.

'누군가 이 메시지를…….'

누군가 이 메시지를 본다면, 부탁하건대 나를 서쪽 바다 건너 '두드리는 섬'으로 데려가 주시오. 이제 영원히 잠들고 싶소. 하지만 그럴 수가 없지. 이 메시지를 보는 당신도 알아챘을지 모르겠군. 허니 두드리는 섬으로 가야만 하오. 이쯤이면 나의 동지들이 기록을 남겨놨을지도 모르니까. 만약 내 부탁을 들어준다면, 기억이 돌아오는 순간 반드시 보상하도록 하겠소. 섭섭하지는 않을 것이오. 적어도 나의 몸뚱이를 팔거나 이용하는 것보다 수천 배, 아니, 수만 배 더 이익을 볼 수 있을 거라 장담하오.

기이한 꿈에 이끌려 부유의 땅을 찾았던 용아병 스파르토이, 그는 여전히 그곳에 있었다. 부유의 땅 아래 묻혀 있던 드래곤들, 그들의 뼈가 탄생시킨 수많은 육신과 함께였다. 그 수는 처음보다 훨씬 불어나 부유의 땅 위를 가득 채웠다.

(…….)

그 육신 중에도 가장 덩치가 큰 본체, 눈 뼈 부분으로 안광이 넘실거리는 스파르토이가 부유의 땅 낭떠러지 앞에 서 있었다. 입을 굳게 다문 채 하염없이 하늘만 바라봤다.

(곧…….)

그런데 하늘을 올려다보는 스파르토이의 안광이 예전과 달랐다. 분명 스파르토이의 안광은 '푸른색'이었다. 그런데 지금은 '황금색'의 안광을 뿜어댔다. 동그랗게 뚫린 눈 뼛속으로부터 '황금빛 안광'이 번뜩거리고 있단 얘기였다.

(당신의…… 뜻대로…….)

용아병 스파르토이의 느릿한 목소리가 끝나기 무섭게, 수만 마리 용아병 또한 양쪽 눈 뼈로부터 안광을 피어 올렸다. 본체와 똑같은 황금빛 안광이었다.

"크어어어어어–!"

어디 그뿐일까? 일제히 허공을 올려다보며 쉿소리까지 토해냈다. 그야말로 용아병 부대의 고함 소리나 마찬가지였다. 어찌나 큰지 부유의 땅 일대가 쩌렁쩌렁 울려댔다.

쿠구구구구구⋯⋯!

그러자 곧 놀라운 사태가 벌어졌다.

강렬한 진동이 부유의 땅을 강타했다.

설마 무너져 내리기라도 하려는 걸까?

아니, 그렇지는 않았다.

오히려 움직였다.

쿠궁! 쿠구궁! 쿠구구구구구⋯⋯.

본디 하늘에 멈춰 있었던 부유의 땅. 그 거대한 땅이 태동을 시작한 거다.

비록 움직임의 속도가 빠르진 않았다. 하지만 목표된 위치만큼은 확실해 보였다.

부유의 땅이 움직이기 시작한 방향. 그 끝자락에 위치된 인간들의 대도시.

그곳은 바로 그린리버 제국의 수도. 이안의 집, '그린리버 디움'이었다.

4장
두드리는 섬으로

"나리! 이놈은 기필코 빵을 훔쳐 먹은 적이 없습니다요!"

"……자라."

클레반은 이안이 구해온 갈색말의 등 위에서 또다시 잠들어버렸다. 벌써 몇 번째인지 모르겠다.

"어째 제대로 된 인격이 하나도 없군."

이안은 정신이 오락가락한 클레반과 함께 서쪽 바다가 펼쳐진 곳, 더불어 필틴 대영주의 영지성이 자리 잡은 항구도시 '필틴'으로 향하고 있었다. 돌에 언급된 서쪽 바다 건너 '두드리는 섬'에 관한 정보를 얻기 위해서였다.

'두드리는 섬이라.'

단언컨대 이안은 듣도 보도 못한 섬이었다. 때문에 정보가 절실했다. 바다는 넓다. 대륙보다 광활하다. 아무리 '서쪽 바다'로 좁혀졌다 한들, 손수 찾아내는 건 불가능에 가까웠다.

'특징이라도 알고 있다면 모를까.'

그래서였다. 서쪽 바다를 주 무대로 둔 필틴 항구도시라면 관련된 정보가 없을 리 있겠는가? 대륙에서 가장 큰 항구도시 중 하나이니만큼 해안지도 역시 여럿 구해볼 수 있을 터.

'이놈 때문에 시간만 지체되네.'

어차피 필틴 항구도시야 가본 적이 없으니 텔레포트는 불가능하다. 다만 더 빠르게 날아갈 수는 있다. 이 클레반이란 꼬맹이, 아니, 꼬맹이의 탈을 쓴 이상한 놈만 없었다면 말이다.

'저택에 둘 수도 없고.'

원래는 클레반을 저택에 두고 섬부터 찾아 텔레포트로 데려올까 고민했었다.

하지만 곧 생각을 바꿨다. 놈이 언제 또 비교적 정상적인 인격으로 돌아올지 몰랐으니까. 그때 묻고 싶은 것, 그리고 시켜보고 싶은 것이 참으로 많았다.

'우선 해안지도부터.'

항구도시 필틴에 도착한 이안은 가장 먼저 공국 서부 바다의 해안지도부터 구매했다. 그런데 시작부터 문제가 생겼다. 아무리 눈 씻고 찾아봐도 '두드리는 섬'이란 명칭은 보이지 않았다. 다른 지도들을 살펴봐도 마찬가지였다.

'뭐지?'

한참을 해안지도들과 씨름해본 결과, 적어도 항구도시 필틴에서 구할 수 있는 해안지도 중 '두드리는 섬'이 그려진 지도란 존재하지 않았다. 생각보다 일이 더 복잡하게 돌아갔다.

"흐음……."

해안지도가 소용없다. 남은 것은 수소문 아니겠는가? 뱃사람들에게 물어본다면 무언가 단서를 얻을 수 있을 터, 이안의 발걸음이 서쪽 바다와 맞닿은 부두 쪽으로 향했다.

"야 이 새끼들아! 똑바로 못 들어? 그린리버로 보낼 물건이라고! 잘못 보냈다가 그 괴물딱지 같은 마법사 놈이 지팡이 들고 쫓아오면 책임질 거야? 엉? 콜드우드 제국 황태자도 그 괴물딱지 잘못 건드렸다가 정신 나갔다는 소리 못 들었어? 뒤지고 싶으면 혼자 곱게 뒤지라고!"

부두 쪽 뱃사람들의 분위기는 그야말로 혈기가 넘쳤다. 물론 좋게 표현하자면 그랬다. 모두가 하나같이 구릿빛 근육을 꿈틀거리며 교역 물품을 선박 위에 올리고 있었다. 듣자 하니 그린리버, 즉 이안의 조국으로 보내질 물건들 같았는데.

'괴물딱지 같은 마법사?'

그 발언이 유독 귀에 거슬렸다.

설마 이안 본인을 얘기하는 걸까?

그냥 괴물도 아니고, 괴물딱지?

어감이 영 마음에 들지 않았다.

"에이, 그 마법사가 우리 같은 상단 뒤꽁무니나 쫓아오겠습니까? 거 자기네 황태자까지 손바닥에 쥐고 휘두르는 작자라던데, 한평생 호사 누리고 살기 바쁠 텐데요. 나라 대 나라로 보내는 진상품이라면 또 모를까, 괜히 애들 겁만 먹습니다."

고래고래 소리치던 뱃사람 옆으로 왜소한 체격의 남자가 끼어들었다. 하얀 피부와 체격으로 볼 때 선원은 아닌 것 같았다. 아마 교역에 나서는 상단과 관련된 인물이리라.

"모르는 소리! 내가 듣기론 별의별 곳에 다 영향력을 끼친다고 하드만? 거 뭐냐, 그 나라 마탑을 뭐라고 부르더라?"

"상아탑이죠."

"그렇지! 상아탑! 자네도 알겠지만, 그 상아탑이랑 거래 한번 트려면, 심지어 첫 번째 거래 상단이 되려면 얼마나 염병을 떨어야 하던가? 자네도 상인이니까 대충 알 거 아니야?"

"그야…… 온갖 더러운 꼴은 다 봐야겠죠."

"옳거니! 근데 그 거래 상단을 지가 고향에서부터 알고 지낸 상단으로 단칼에 갈아치웠다 하더군? 다른 특별한 이유 하나 없이, 오로지 행수가 동향 사람이란 이유 하나만으로!"

가만히 듣고 있던 이안은 어이가 없었다. 동향 사람이라서

포이언 상단을 상아탑의 제1 거래 상단으로 지정해 줬다? 이게 도대체 말인지 당나귄지 헷갈릴 지경에 이르렀다.

'이게 그 말로만 듣던…….'

소문의 와전이란 말인가?

이안이 깊은 한숨을 토해냈다.

'하긴, 사람들은 사정을 모를 테니까.'

용언서로 하여금 비밀 경매의 미끼를 만들어주는 대가로 약속했던 사안이니, 겉보기로는 그리 보일 수밖에 없으리라.

'어쩔 수 없는 건가.'

이안의 고개가 힘없이 저어졌다. 아무리 그렇다 한들, 저런 식으로 비추어지는 것은 썩 유쾌한 일이 아니었다.

'……뭐, 학살자 소리 듣는 것보다야 낫겠지.'

이제야 마음이 편안해짐을 느끼는 이안이었다. 그래, 뭐가 어찌 되었든 전생보단 낫다. 세상 사람 모두가 이안의 손에 묻은 피를 두려워했던 전생, 적어도 그때보단 백배 천배 나았다.

"저기……."

그리 마음을 정리시킨 이안이 우락부락한 뱃사람과 상인에게 다가갔다. 부두까지 찾아온 목적, '두드리는 섬'에 관한 수소문을 시작해 보기 위함이었다.

"엉?"

두 사람의 시선이 이안에게 쏠렸다. 하나 그것도 잠시일 뿐, 곧 우락부락한 뱃사람이 심드렁한 표정과 얼굴로 대답했다.

"뭐요?"

"말씀 하나만 여쭤도 되겠습니까?"

"얼씨구, 설마 배 태워달라고? 일 없수다."

뱃사람은 이안의 위아래를 슥 훑어보더니 계속 말할 것도 없다는 듯 중얼거렸다. 다소 억양이 튀는 공국어와 허름한 복장에 밀항 시도자 정도로 여겨 버린 모양이었다.

"아뇨, 그게 아니라⋯⋯."

"그럼 뭐 일이라도 시켜달라는 건가? 그 비실비실한 몸뚱이로? 미치겠구먼. 뱃일이 만만해 보이나?"

사실 이안의 몸뚱이는 비실하다고 표현할 만한 수준이 아니었다. 전생보다 전체적인 골격이 훨씬 더 커졌으니까.

성장기였던 12세부터 17세까지 올리버와 격한 수련을 쌓았으며, 제2 황실 기사단과 운동까지 병행했다. 전생보다 훨씬 더 좋은 음식을 먹었고, 양질의 엘릭서까지 꾸준하게 복용해 준 결과였다.

"집어치우쇼. 재수 없게 배 위에서 송장 치르기 싫으니깐."

그럼에도 우락부락한 뱃사람의 눈에는 전혀 만족스럽지 않았다. 그럴 수밖에 없었다. 아마 근육의 푸짐함으로만 따지자면 올리버도 이곳에선 평균 정도밖에 미치지 못했으니 말이다.

'물론 근력은 누구보다 강하겠지만.'

아마 이안도 마찬가지일 거다. 무려 마나를 운용할 수 있는 몸이다. 평범한 선원들의 완력에 비하겠는가?

물론 뱃일을 하러 온 것이 아니기에, 구태여 설명할 필요도 없었다.

"그것도 아닙니다. 여쭤볼 게 좀 있어서⋯⋯"

"야 인마! 물건 다 바닷속에 수장시킬 일 있어? 셋이서 들라고 셋이서! 힘자랑은 마누라 앞에서나 하라고 이 조루 새끼야!"

우락부락한 뱃사람이 다짜고짜 선원들을 노려보며 소리쳤다. 더는 이안과 대화할 생각이 없어 보였다. 비록 뱃사람들이 거칠다고는 하나, 지금은 도를 넘어선 느낌이었다.

'그 괴물딱지가 눈앞에 있다는 걸 알려줘야 하나?'

살짝 짜증이 났던 이안.

이내 생각을 바꿨다.

그럴 필요까진 없다.

다만.

'괴물의 동족 정도가 적당하겠지.'

굳이 '그린리버의 대마법사 이안 페이지'일 필요는 없었다. 평범한 사람들한테야 1클래스 마법사조차 경외의 대상이니까.

"출항이 금방이라 바쁘신가 보군요."

"알았으면 쉰 소리 말고……."

"만약, 바다가 얼어붙기라도 한다면."

이안이 부두 끝을 향하며 말했다. 은은한 마나가 섞인 목소리인지라 일대 선원들의 귓구멍에 속속들이 박혀 들었다.

"출항은 불가능해지겠죠?"

"엉?"

"예정된 일정에 문제도 생길 거고."

"이 날씨에 뭔 개 풀 뜯어 먹는 소를……."

"손해가 이만저만이 아닐 것 같은데."

이윽고 부두 끝자락에 도착한 이안.

발아래로 출렁이는 바다를 바라봤다.

"콜드 웨이브."

이안이 바다 쪽으로 양손을 내리뻗으며 읊조렸다. 그러자 곧 푸르스름한 냉기가 마나와 한대 섞여 응집되었다. 이는 곧 구체의 형태를 이루었는데, 마치 투석기로 쏘아질 포탄 같았다.

'이 정도면…….'

눈 앞에 펼쳐진 바다와 선박들을 가늠해 본 이안이 냉기의 구체를 바닷속으로 투하시켰다. 도대체 무슨 일이 벌어질까? 그 대답은 얼마 지나지 않아 펼쳐졌다. 또한, 충격적이기도 했다.

콰드득, 콰득, 콰드드득!

냉기의 구체가 풍덩 빠져 버린 부분. 그 지점을 시작으로 바다의 표면이 얼어붙기 시작했다. 정박 된 배들 주변이라고 예외는 아니었다. 졸지에 출항은커녕 옴짝달싹조차 할 수 없는 지경에 처해 버렸다.

"이, 이게 뭔……."

부두 앞으로 펼쳐진 푸른 바다의 일부가 순식간에 얼어붙었다. 그 갑작스러운 광경에 선원들의 입이 쩍하고 벌어졌다. 아무리 생각해봐도 말이 안 되는 상황, 그리고 이 말이 안 되는 상황을 가능케 만드는 존재, 그런 존재라면 하나밖에 없지 않겠는가?

"마법사……?"

부두 근처 선원들의 눈이 자연스레 한곳으로 쏠렸다. 바다가 얼면 출항하지 못하느냐 물었던 청년에게로 말이다.

"다시 말씀드리지만, 여쭤볼 게 하나 있습니다."

사람들의 시선이야 어쨌건, 다시금 우락부락한 뱃사람에게 다가와 입을 여는 이안이었다. 아까까지만 해도 이안을 귀찮은 파리쯤으로 여겼던 덩치가, 이제 식은땀까지 흘리기 시작했다.

"제, 제가 마법사님을 몰라보고 무례를……."

"몰라보는 게 당연하니 넘어가도록 하죠."

"감사합니다! 정말 감사드립니다!"

"성함이 어떻게 되십니까?"

"매, 맥파든이라고 불러주십시오!"

우락부락한 뱃사람의 이름은 맥파든, 이안이 맥파든의 널찍한 어깨를 툭툭 털어주며 말문을 이어갔다.

"맥파든님. 혹시 두드리는 섬을 아십니까?"

"예? 두, 두, 두드리는 섬 말씀이신지요?"

"이 지도에다 표시를 좀 해주셨으면 좋겠는데."

이안이 공국 서쪽 바다의 해안지도 한 장을 펼치며 말했다. 표시만 해준다면 어떻게든 가볼 수 있을 테니까.

"그, 그것이……."

한데 맥파든의 반응이 조금 찔끔거렸다. 두드리는 섬을 모르는 것 같진 않았다. 그 섬에 뭔가 문제라도 있는 걸까?

"왜 그러십니까?"

"그러니까…… 그 섬은……."

"괜찮으니까 말씀해 보세요."

"그…… 애들……."

"애들?"

"애들 잘 때 들려주는 예, 옛날이야기에……."

그렇게 맥파든의 설명이 계속되었다.

구구절절 얘기했지만, 핵심은 그랬다.

두드리는 섬이란 곳은 존재하지 않는다.

필틴 왕국 시절부터 내려오는 전설일 뿐.

"뭐라도 좋으니 얘기해 주셨으면 합니다."

"……순전히 전해지는 이야기로만 말씀을 올리자면, 그 두드리는 섬은 평범한 섬이 아니라고 합니다."

"평범한 섬이 아니다?"

"우, 움직이는 섬……."

민망한 듯 말문을 멈췄던 맥파든.

그가 어렵게 뒷말까지 끄집어냈다.

"거, 거대한 섬이 스스로 움직이는데, 옛날에는 그 섬에 사는 온갖 장인들이 가끔가다 육지까지 찾아와서 불쌍한 사람들에게 집을 지어주고, 성벽도 쌓아주고, 옷도 짜주고, 농기구도 만들어줬다고 합니다. 망망대해를 자, 자유롭게 헤엄쳐 다니는 섬인지라, 쉽게 찾을 수가 없다는 설명도…… 크흠흠!"

결국, 헛기침까지 내뱉는 맥파든이었다.

만약 마법사가 아닌 평범한 사람이 '두드리는 섬으로 가려면 어찌해야 하냐'고 물어봤다면 어땠을까? 지금쯤 박장대소와 함께 선원들과 농담이나 따먹고 터, 그만큼 낯간지러운 얘기였다.

"지금 장인들이라고 하셨습니까?"

"예? 아, 예. 그, 그렇습니다만……."

그러나 이안의 귀에는 전혀 농담이나 따먹을 만한 얘기로 들리지 않았다. 장인들의 섬이란다. 지금 이안이 찾고 있는 핵심과 정확하게 맞아떨어지지 않던가?

'실존하는 섬이 분명하다.'

이안은 확신을 가졌다.

찾아내기만 하면 그만인데.

'대해를 헤엄쳐 다니는 섬이라.'

까다로운 조건 하나가 붙어버렸다.

'골치 아프군.'

이안은 우선 바다의 상태부터 원상복구를 시켜줬다. 그러고는 한참 동안 지평선 너머를 바라봤다.

장인에 대한 실마린 생각보다 어렵지 않게 찾았다. 이상한 꼬마 클레반부터 두드리는 섬까지. 아마 저 망망대해 어딘가에 떠다니고 있을 터인데, 그 스스로 움직인다는 섬을 무슨 수로 찾아낼까?

'가만.'

이안의 고민이 깊어지는 그때였다.

분명 '움직이는 섬'이라고 했다.

그렇다면 반드시 동력원을 가졌을 터.

거대한 섬을 움직이도록 만드는 힘.

그 힘의 근원이 없을 리가 있겠는가?

동력원의 종류는 보통 두 가지로 나뉜다.

먼저 섬 자체가 생명력을 가진 경우.

즉 섬이 살아 있는 생명체거나.

혹은.

'마법으로 움직이고 있거나.'

둘 중 어느 경우라도 상관없다.

이안은 7클래스조차 넘어선 마법사다.

상식이란 말을 아득히 초월해 버린 존재.

그러한 마법사에게는 수단이 있다.

섬을 찾아낼 마법 말이다.

'서쪽 바다 어딘가에만 있다면 말이지.'

물론 바다는 넓기에 확신할 순 없다.

그러나 적어도 로 공국 서쪽의 바다.

눈앞 대해의 어딘가라면 가능하다.

"맥파든 님. 언제쯤 출항하십니까?"

"예? 아, 아직 시간이 조금……."

"그럼 잠깐만 저 아이를 좀 봐주십시오."

"아이라 하시면……?"

이안이 말 위에 잠든 클레반을 가리켰다.

정말이지 세상모르고 잠들어 있었다.

저 얼굴만 보자면 딱 어린애였다.

"깨어나자마자 소란을 피울 수도 있습니다. 잘 보듬어주시길."

"무, 무슨……?"

클레반을 맡긴 이안이 허공으로 떠올랐다. 그는 이제 미첼 그린리버의 로브가 필요하지 않았다. 로브의 효과를 빌리지 않아도 자유로운 비행이 가능했으니까.

"메타모포시스, 마나."

드래곤의 정신체를 쓰러뜨릴 당시 사용했던 마법. 육신을 마나 친화적으로 변화시켜 주는 주문. '메타모포시스 마나'가 펼쳐졌다.

몸뚱이로부터 푸른색 마나가 넘실거렸고, 숨을 쉴 때마다 마나의 기운이 뿜어졌다. 두 눈 역시 새파란 안광으로 번뜩였다.

"후우……!"

호흡을 가다듬은 이안이 서쪽 바다로 날아갔다.

어찌나 빠른지 순식간에 부두가 보이지 않았다.

표현 그대로 망망대해의 한복판에 도착한 이안.

곧바로 두 번째 고위 마법을 준비하기 시작했다.

"씨어 디텍션."

씨어 디텍션.

선견자의 탐지.

디텍션 주문의 최상위 등급 마법.

그 회색빛 마나가 사방으로 퍼져나갔다.

서쪽 바다 전체를 아울러 버릴 기세였다.

"으윽……!"

동시에 엄청난 양의 정보가 이안의 머리를 사정없이 두들 겼다. 범위가 범위이니만큼 감지되는 생명체와 마나의 기운 또한 방대했던 탓이었다.

"……!"

이안이 두 눈을 질끈 감았다.

단순한 두통 때문만은 아니었다.

방금까지 전달받았던 정보들은 물론.

실시간으로 전해지고 있는 정보까지.

하나하나 곱씹어볼 필요가 있었다.

"…… ."

시간이 얼마나 흘렀을까?

이안의 감겼던 두 눈이 번쩍 떠졌다.

그 푸른 눈동자가 확신으로 차올랐다.

"찾았다."

나지막이 읊조린 이안.

그가 서둘러 부두 쪽으로 돌아갔다.

클레반과 함께 섬을 찾아내기 위함이었다.

"번거롭게 해서 미안합니다."

"오, 오셨습니까! 마법사님!"

부두에 착지한 이안이 아공간 주머니로부터 무언가를 꺼 냈다. 그리고는 맥파든에게 가벼이 던졌다. 천천히 던져진지 라 반사적으로 낚아챘고, 곧 놀라움을 감추지 못했다.

"금화……?"

던져진 물건의 정체는 바로 금화 몇 닢. 금으로 제작되었기에 대륙사회 어디서나 통용되는 화폐였다. 이안에게야 썩 어나는 금화 중 일부였지만, 평범한 이들한테는 아닐 터.

"정보 값입니다."

"……예?"

"그리고 그 괴물딱지 말입니다."

"괴, 괴물딱지요?"

"생각만큼 나쁜 놈, 아닙니다."

"무, 무슨 말씀이신지……."

"제가 만나본 적이 있거든요."

"만나……."

맥파든의 눈동자가 불안하게 흔들렸다. 저 마법사 놈이 무슨 소리를 하는 거지? 괴물딱지, 그러니까 괴물딱지라 하면 그린리버의 상아탑주를 뜻하는 얘기일 터인데…….

"그럼 수고하십시오. 무사 항해를 기원하겠습니다."

클레반을 등에 업은 이안이 허공으로 날아갔다. '마나를 동력원으로 사용하는 섬'은 부두로부터 꽤나 먼 거리였다. 하지만 마법으로 감지된 거리이니만큼 못갈 곳도 아니었다.

'이놈이 품은 비밀이 뭘까.'

클레반이 가진 장인으로서의 능력.

녀석이 찾는 '프란'이란 이름의 정체.

이제 곧 낱낱이 파헤칠 수 있으리라.

"……어?"

비행에 비행을 거듭한 끝에, 이안은 드디어 목적지 인근까지 도착할 수 있었다. 한데 그 형태가 예상과는 많이 달랐다. 가장 먼저 눈에 띄는 부분이 있다면.

'허공에 떠 있다?'

엄밀히 따지자면 섬이 아니었다. 단지 바다 위에 떠 있는 땅이었을 뿐. 다만 그 높이가 낮아 섬처럼 보였던 거다. 심지어 땅덩어리 위로 널따랗고 고른 평야가 펼쳐졌다.

'여긴…….'

공중에 붕 떠버린 땅덩어리 하며, 토질의 큰 변화 없이 고르고 넓은 평야까지. 이는 분명 환술 속 '부유의 땅'과 비슷한 모습이었다. 아니, 똑같다고도 표현할 수 있으리라.

'하지만 다른 곳이다.'

가장 확연한 차이점은 흔적이었다.

실로 많은 사람이 살았던 흔적들.

예를 들자면 폐허처럼 무너져 내린 집터.

특정한 용도로 사용되었을 다져진 토지 등.

마치 섬 자체가 하나의 마을인 것 같았다.

아니, 마을이었던 것 같았다.

'꽤 오래전까지는 말이지.'

흔적의 상태로 볼 때 엄청난 세월이 흘렀으리라. 못해도

백 년은 훌쩍 넘어버리지 않았을까? 이안은 그 조심스러운 추측과 더불어 섬의 중심부로 향했다. 적당한 곳에 클레반을 뉘이고 깨우기 위함이었다.

'이쯤이 좋겠군.'

이안의 발걸음이 멈췄다.

사방은 집터로 가득한 폐허였다.

그 한가운데에 클레반을 내려놨다.

슬립 주문부터 거두기 위함이었다.

"누구…… 시오?"

바로 그때였다.

폐허가 된 집터로부터 들려온 목소리.

그 목소리에 이안이 곧장 반응했다.

더불어 마나까지 잔뜩 끌어모았다.

완연한 전투태세를 갖춘 거다.

'인간이 아니다.'

이안은 목소리를 듣자마자 알아챌 수 있었다. 당연한 이치였다. 씨어 디텍션 주문은 범위 내 모든 생명체와 마나의 흐름을 감지해내는 마법, 한데 그 마법으로부터 '생명체'에 관한 정보를 넘겨받지 못했다. 즉…….

'인간도, 몬스터도, 그 무엇도 아니다.'

인간이든, 몬스터든, 하다못해 드래곤이든.

모두 '생명의 범주'까지 넘어서진 못하니까.

그 범주를 벗어났음에도 멀쩡한 존재.

저리 말하고, 움직일 수 있는 존재.

그러한 존재는 오직 하나뿐.

'언데드.'

흑마법으로 재탄생된 언데드.

그렇게밖에 판단할 수 없었다.

"경계를 거두시오. 이곳은 아주 오래전부터 나와 내 동지
들의 터전이었소. 경계 받아야 할 불청객이라면 그쪽이 더
마땅할 것 같소만."

"……?"

언데드로 추정되는 남자의 말에 이안이 눈매를 좁혔다. 저
남자, 일기장의 묘사와 상당수 일치하고 있었다. 미첼 그린
리버의 일기장에 묘사된 '장인의 특징'과 말이다.

'검은 머리, 창백한 피부, 외모와 다르게 노회한 말투.'

하나부터 열까지 몽땅 일치했다.

마지막 특징을 확인해 볼 차례였다.

"저는 이 꼬마의 부탁에 따라 두드리는 섬을 찾아왔습
니다."

이안은 일부러 그린리버 제국의 언어로 물었다.

"꼬마? 그 잠들어 있는 아이 말이오?"

그러자 언데드로 추정되는 남자 역시 능숙한 그린리버 제
국어로 대답했다. 일말 미흡함조차 없었다. 아직 두 개의 언

어밖에 주고받지 못했지만, 이안은 확신을 가졌다.

이 남자, 분명 미첼 그린리버의 일기장에 언급된 장인과 깊은 연관을 가졌으리라.

"물론 당신을 찾아오기도 했죠."

"……나를 아시는가?"

그 물음에 이안이 아공간 주머니로부터 미첼 그린리버의 일기장와 클레반의 메시지가 담긴 돌멩이를 각각 끄집어 냈다.

"당신에 대한 기록은 이 책에서 봤습니다. 미첼 그린리버란 이름을 기억하십니까?"

"물론, 내 어려운 부탁을 들어줬던 친구요."

"이게 그 마법사의 일기장입니다. 그리고."

일기장을 거둔 이안이 클레반의 메시지를 보였다.

"이건 이 꼬마가 남긴 메시지입니다."

클레반의 메시지를 건네받은 남자.

그가 클레반의 얼굴까지 살펴봤다.

"아아, 이 친구였군. 클레반."

이내 남자의 고개가 끄덕여졌다.

이제야 클레반을 떠올린 모양이었다.

"아쉽게도 헛된 걸음이다만……."

그리 중얼거린 남자가 이안을 바라보며 말했다.

"그 아이를 깨우지 마시오."

"이유가 있습니까?"

"실망만 남을 테니까."

이안은 눈치가 빨랐다. 클레반의 메시지는 분명 죽고 싶어도 죽지 못한단 내용이 있었고, 섬을 지키고 있던 저 남자는 언데드가 분명했다. 클레반 역시 언데드일 가능성이 높다는 얘기다.

"당신들은 모두 언데드입니까?"

"비슷하오. 아니, 그렇다고 봐야겠지."

순순히 인정하는 남자였다.

짧은 대답임에도 애증이 느껴졌다.

"제가 알기로 언데드가 불사의 존재라곤 하나, 소멸 되는 방법이 영영 없는 것은 아닌 걸로 압니다만."

방법이야 조금 잔혹할지 모르겠으나, 분명 가능한 일이 었다. 이안이 언데드로 되살아났던 전 상아탑주 허버트를 소멸시켰던 것처럼, 조각난 시신을 하나하나 불태워 없애버리는 방법이 존재했으니까.

"나도 그럴 거라 생각했소."

하지만 남자의 대답은 그렇지 않았다.

"그 마법사, 미첼 그린리버라는 친구에게 거듭 부탁했던 것도 그것이었지. 나는 이만 죽고 싶으니, 내 조각난 시신을 불태워달라고. 몇 번을 거절당했지만, 끝내 들어줬소."

일기장에는 없었던 '장인의 부탁'.

과연 언급하지 않을 만도 했다.

너무 잔혹한 처사 아니겠는가?

"그렇게 영원히 죽을 수 있을 거라 생각했지."

거기까지 얘기한 남자가 어깨를 으쓱거렸다.

결국, 이렇게 되살아났다, 그런 뜻이었다.

"죽음은 나뿐만 아니라 모든 동지의 목표였소. 이 섬에 살았던 모두가 말이지. 세상으로 나가 죽을 수 있는 방법을 찾아오고자 했지만, 지금까지도 소식이 없지. 클레반, 그 친구는 결국 견디지 못하고 기억 속에 숨어버린 모양이군."

기억 속에 숨어버렸다.

본래의 기억을 봉인했다는 뜻일 터.

다중인격의 증세의 원인이기도 했다.

수많은 모습으로 살았을 테니 말이다.

"……."

이안은 잠시 생각에 빠졌다.

장인을 찾아 아티팩트를 만든다.

그 단순했던 시작이 점점 커져 갔다.

저 남자에게 무엇부터 물어봐야 할까?

"……프란."

정답을 찾는 일은 어렵지 않았다.

들은 순간부터 쭉 거슬렸던 이름.

그 이름의 정체를 물어봐야겠지.

"혹시 프란이라는 이름을 아십니까?"

"……!"

건조함으로 일관되었던 남자의 표정이 일순간 꿈틀거렸다. 그만큼 프란이라는 이름이 중요하단 뜻일 터.

"클레반, 그 친구가 말해줬소?"

"가끔 정상적인 모습으로 돌아올 때가 있었다고 합니다. 그때 언급했던 이름이라더군요. 다만, 그 프란이라는 이름이 저에게도 중요한 이름인지라, 가능하다면 대답을 듣고 싶습니다."

"으음……."

그 말에 남자의 미간이 좁혀졌다.

또한, 이곳저곳을 살펴보기 시작했다.

이안의 머리부터 발끝까지 전부다.

특히 머리칼에 시선이 머물렀다.

"그러고 보니, 조금 닮은 것 같기도 하군."

심장이 쿵쾅거림을 느끼는 이안이었다.

닮았다, 저 말의 무게가 남달랐으니까.

"혹시 그쪽도 마법사가 되시오?"

"그렇습니다."

"시간이 제법 흘렀으니, 자식은 아닐 터이고."

"무슨……."

"그 후손쯤 되시는가?"

이제는 심장이 쿵쾅거리다 못해 정적으로 돌변했다. 극한의 긴장 상태에 빠져 버린 까닭이었다. 결단코 열지 말아야 할 상자, 그 금지된 상자의 뚜껑을 젖히는 것 같았다.

"프란 페이지."

"지, 지금 뭐라……."

"그분께서 즐겨 쓰시는 이름이었지."

남자의 목소리가 계속 이어졌다.

"우리가 한때나마 바랐던, 영원한 생명을 내려주신 분의 이름 말이오."

5장
이안 페이지의 로브

남자의 말은 거기서 끝나지 않았다.

놀랄만한 이야기가 연이어 쏟아졌다.

"항간에는 최초의 마법사라 불리기도 하셨소."

"……."

환술 속에서 만났던 존재.

용을 믿지 말라 했던 존재.

그가 바로 최초의 마법사다.

더 무슨 말이 필요하겠는가?

'내 아버지께서…….'

이안의 머리가 혼란스러워졌다.

아버지, 프란 페이지의 정체.

생각조차 해본 적이 없었다.

그럴 이유가 없었으니까.

'최초의 마법사라고?'

어찌 그게 가능할까? 최초의 마법사는 드래곤의 스승이라고 했다. 최소한으로 잡아도 수천 년 전에 존재했던 인간이란 얘기다. 한데 그러한 자가 어찌 어머니를 만났으며 이안 자신까지 잉태시켰단 말인가? 수천 년을 살기라도 했다는 건가?

'……불가능한 일도 아니다.'

눈앞에 그러한 존재가 있었다.

엄청난 세월을 생존해 온 장인.

이젠 죽는 것이 소원이라는 남자.

"괜찮으시오? 안색이……."

바로 그 남자가 이안에게 말했다.

이안의 표정을 의식한 모양이었다.

안색이 급변했으니, 그럴 만도 했다.

"……괜찮습니다. 계속 얘기해 주십시오."

이안이 속내를 진정시켰다.

아직 들어볼 얘기가 남았을 터.

"그 전에 확실한 대답부터 듣고 싶소."

남자 역시 마냥 대답을 해주는 것은 아니었다. 그의 입장에서도 이안의 정체가 중요했다. 정말 프란 페이지의 후손이

라면, 바짓가랑이를 붙잡아서라도 올려야 할 부탁이 있었으
니까.

"정말 프란 님의 후손이시오?"

"이안 페이지라고 합니다."

"페이지? 그렇다는 건……."

"생각하신 그대로입니다."

이안은 우선 그쯤에서 선을 그어뒀다.

아들이란 얘기까지 할 필요는 없었다.

적어도 지금 당장에는 그랬다.

"후손께서 우리를 찾아주신 건가……."

읽기 힘든 표정으로 끄덕거린 남자.

그가 깊어진 눈빛을 번뜩거리며 말했다.

"후손께서도 언어의 힘을 다룰 줄 아시오?"

"다룰 줄은 압니다만, 아직 미흡합니다."

"그렇다면 혹시, 프란 님께서 우리 장인들에게 내려주셨
던 영생, 이 축복 아닌 축복을 거두어줄 수 있으시오? 그리
만 해준다면 내, 모든 것을 바쳐서라도 보답하도록 하겠소."

간절함이 뚝뚝 묻어나는 남자의 어조.

하나 이안은 그 방법을 알지 못한다.

"지금으로선 저도 불가능한 일입니다."

"……그런가. 아니, 그럴 테지."

간절함은 곧 실망감으로.

머지않아 체념으로 떨어졌다.

건조한 한숨과 표정마저 되찾았다.

"한때 우리는 세상 그 어떤 기술자들보다 뛰어난 장인이었고, 프란 님께서는 그런 우리들의 재능을 빌리는 대신 영생이란 축복을 내려주셨소. 당시에는 정말 축복이나 마찬가지였지. 평생 수많은 걸작을 연구하고 남길 생각에 설레기만 했으니까."

"재능을 빌렸다는 게 정확히 무슨 뜻이죠?"

"드래곤, 그분께선 항상 드래곤을 동경하셨소."

"드래곤?"

이안의 아버지인 프란 페이지, 최초의 마법사가 자신의 제자나 다름없는 드래곤들을 동경했다?

좀처럼 이해가 되지 않는 가운데, 남자의 말이 이어졌다.

"드래곤들의 완벽한 육신을 동경하셨지. 인간의 몸뚱이로는 아무리 강대한 권능을 부릴 수 있다 해도 한계가 명확하다, 하지만 드래곤의 몸이라면 불가능할 것도 가능하도록 만들 수 있다. 평소 그런 말씀을 자주 하시곤 했소."

"드래곤의 육신……."

드래곤의 육신이라면 이안도 익히 겪어봤다. 시간의 보고 속 드래곤 로드 '리시스 라덴쥬'의 정신체, 권능은커녕 본연의 힘조차 제대로 발휘할 수 없었음에도 엄청난 힘을 자랑하던 육신 아니던가?

"인간의 육신이 가진 한계를 뛰어넘고자 하셨고, 그 수단 중 하나로 우리들의 재능을 빌리셨소. 그분의 힘을 극대화 시킬 수 있는 작품들, 요즘 세상에서는 아티팩트라 불린다지."

인간의 한계를 뛰어넘고자 아티팩트를 선택했다는 얘기였다. 어째 이안과 비슷한 이유였다. 물론 잔가지들은 달랐지만, 큰 맥락이 상통했다.

'나도 드래곤으로부터 내 몸을 지키기 위해서였으니까.'

이안이 장인을 원했던 이유 또한 그랬다. 드래곤으로부터 휘둘리지 않기 위해서는 전생의 8클래스보다 강해져야 한다.

하여 그 수단 중 하나로 맞춤형 아티팩트, 혹은 세상에 알려진 아티팩트들보다 더 강력한 힘을 가진 아티팩트를 손에 얻고자 했다.

'이건 정말…… 묘하군.'

최초의 마법사, 인즉 아버지일지도 모르는 존재와 비슷한 선택을 내리고 있었단 얘긴데, 기분이 묘해질 수밖에 없었다.

"어느 순간부터 프란 님은 우리들의 곁을 떠나셨소. 아니, 아예 이 세상에서 모습을 감추셨지. 프란 님께서 사라진 그 날 이후로 드래곤들조차 사라졌더군. 그 초월적인 존재들 사이에 어떤 문제가 있었는진 내 모르겠소만, 절대 우연은 아닐 것이오."

남자 역시 천 년 전의 기억에 머무는 존재, 리시스 라덴쥬의 정신체와 비슷한 얘기를 하고 있었다. 최초의 마법사와 드래곤들 간에 어떤 분쟁이 있었을 거라는 추측 말이다.

"그 일기장으로부터 나를 찾아온 것도 그렇고, 클레반의 부탁을 듣고 여기까지 찾아냈다는 말도 그렇고. 우리에게 원하는 것이 있으시겠지. 프란 님처럼 말이오. 내 말이 맞소?"

"부정하지는 않겠습니다."

감춘다고 능사는 아닐 터.

이안이 솔직하게 대답했다.

"장인 되시는 분들의 도움이 필요합니다."

"도움이 필요한 이유를 물어도 되겠소?"

"……선조님과 비슷한 이유입니다."

"설마 드래곤?"

이안은 대답 대신 고개를 끄덕였다.

동시에 남자의 눈매가 가늘어졌다.

"드래곤이 다시 나타났단 말이오?"

"아무래도 그런 것 같습니다."

"그런……."

남자가 확인하듯 물었다.

"혹시 프란 님께서는……?"

"그분도 만났습니다."

"오오, 그게 사실이오?"

"활동에는 제약이 있으신 것 같았습니다만, 분명 제 앞에 나타나셨습니다. 드래곤을 믿지 말라, 그런 말씀도 남기셨죠."

이안은 최초의 마법사, 즉 프란 페이지와 관련된 사항을 숨김없이 얘기했다. 직접적인 관계만 최소한으로 밝히되, 그에 관한 이야기는 숨기지 않았다.

'일단 내 목적부터 이루어내야겠지.'

이안은 아티팩트를 얻고자 여기까지 왔다. 그 목적을 이루기 위해서는 장인들에게도 동기가 필요할 터.

'어떻게든 나를 돕도록 만들어야 한다.'

영겁의 세월을 기다렸던 프란 페이지는 아직 만날 수 없다. 장인들을 도와줄 수 있는 건 오직 이안 페이지뿐이다. 바로 그러한 믿음과 희망을 심어주기 위함이었다.

"드래곤을 믿지 말라, 드래곤을 믿지 말라……."

남자가 그 말을 계속 곱씹었다.

조금의 의심조차 없는 것 같았다.

"……해서, 드래곤과 맞설 경우를 대비하고자 나와 내 동지들을 찾아다녔단 말씀이오? 오래전 프란 님께서 그랬던 것처럼, 우리가 가진 재능을 빌리기 위해서?"

"그렇습니다. 지금 저의 수준으론 드래곤에게 맞서기는커녕, 손짓 한 번이면 찢겨나갈 수준이죠. 적어도 그들과 동등한 입장에 앉을 수 있는 힘이 필요합니다. 물론 장인분들의 작품에 의지하겠다는 건 아닙니다. 먼저 선조께서 부리셨던 언어의 힘, 그 힘부터 숙달해 볼 계획입니다."

프란 페이지처럼 언어의 힘을 숙달하겠다.

남자에겐 무엇보다도 뜻하는 바가 컸다.

"언어의 힘, 그렇다는 것은……."

"장인분들께 주어진 영생, 그 축복 아닌 축복을 제가 대신 거둬드릴 수도 있다는 얘기겠죠."

그야말로 솔깃한 제안이자 거래였다. 이안 자신을 전력으로 도와라, 그렇다면 언어의 힘을 숙달해 영생의 축복을 거두어주도록 노력하겠다. 남자의 눈에 이채가 서렸다.

"……진심이오?"

"솔직히 말씀드리자면, 저도 확신까지 드리긴 힘듭니다. 닿아본 적 없는 영역이니까요. 하지만 그 언어의 힘을 숙달해 보겠다는 말, 그리고 그 과정에서 축복을 거두는 방법까지 찾아보겠다는 약속, 그것들은 모두 진심입니다."

"으음……."

그 대답에 고민 속으로 빠져 버린 남자.

고민은 생각보다 더 길게 이어졌다.

오랜 세월을 살아온 존재라 그럴까?

고민 한 번조차 긴 시간이 소요되었다.

"베르톨도라 하오."

"예?"

"내 이름 말이오."

이윽고 남자의 대답이 돌아왔다.

수락이나 거절의 의사는 아니었다.

대신 자신에게 부여된 이름부터 소개했다.

"이름을 소개하는 것도 오랜만이군."

남자, 베르톨도는 감회가 새롭다는 듯 뇌까렸다. 약 삼백여 년 전, 미첼 그린리버와의 만남과 약속, 좌절 이후로 모든 것을 포기했다.

두드리는 섬으로 돌아와 하염없이 세월만 보냈으니, 실로 삼백여 년 만에 내뱉어보는 이름이었다.

"따라오시오. 그대가 원하는 바를 보여드리지."

베르톨도가 섬의 중심부로 향했다.

이안 역시 클레반을 안고 따라갔다.

"프란 님이 사라진 이후에도, 우리들은 한동안 그분께 바칠 아이들을 만들었소. 제법 획기적인 아이들도 많았지. 아, 아이란 아티팩트를 뜻하오. 우리에겐 자식이나 다름없거든."

아티팩트 얘기를 시작한 베르톨도는 조금 흥분한 것 같았다. 그간 잊고 살았던 장인으로서의 감각이라도 되살아난 걸까?

"이제야 그 아이들이 부모를 갖겠군. 너무 오래 걸렸어."

섬의 가장 중심부에 도착한 베르톨도와 이안, 주변으로 보이는 것은 아무것도 없었다. 무엇을 찾고자 여기까지 온 걸까? 답은 얼마 지나지 않아 모습을 드러냈다.

"이쯤이었던가."

베르톨도는 기억이 가물가물한 듯 손바닥으로 바닥을 쓸었다. 그러자 곧 흙먼지 아래에 문자가 새겨진 땅이 나타났다. 베르톨도가 찾던 바로 그 지점이었다.

우우우우웅-!

비단 거기서 끝이 아니었다. 베르톨도가 땅덩어리 속으로 마나를 주입 시켰다. 클레반도 그렇고, 이 장인이란 자들은 마법사와 많은 공통점을 갖고 있었다.

'지하통로라도 존재하나?'

비밀리에 만들어진 지하통로, 이안의 추측은 딱 그쯤에 머물렀다. 하나 곧 베르톨로가 보여준 광경들은 그 추측을 아득하게 뛰어넘어 버렸다.

쿠구구구구구구…….

실로 엄청난 진동이 일어났다. 뿐일까? 땅으로부터 솟아나기 시작한 백색의 조형물들, 기둥, 벽, 지붕, 조각상, 의자, 단상까지. 그것들은 모두 하나의 '건축물'을 이루어냈다.

"움직이지 마시오. 이 주변은 안전하니까."

베르톨도는 익숙한 듯 그 이변을.

건축물이 새워지는 광경을 감상했다.

'신전?'

그 건축물의 정체는 신전, 아무리 봐도 백색의 신전이나 마찬가지였다. 따지자면 '용의 신전' 쯤으로 일컬을 수 있으리라. 가장 앞으로 솟아난 여덟 개의 거대한 조각상, 그 조각상들이 모두 드래곤의 형상을 띠고 있었으니까.

"아까도 얘기했소만, 프란 님께서는 드래곤의 육신을 동경하셨소. 다만 그 동경했다는 말이 시기나 질투, 열등감으로 번졌다는 얘긴 아니라오. 적어도 내 기억 속 프란 님께서는 그러셨소. 순수한 마음으로 드래곤들의 완벽함을 동경했고, 또 존중하셨지."

베르톨도가 섬의 중심부에 나타난 백색 신전을 바라보며 말했다. 추억이라도 회상하는 듯 나직한 읊조림이었다.

"저기 저 조각상들이 보이시오?"

"크기는 제가 본 드래곤들보다 작습니다만, 나머진 진짜 드래곤이라 해도 믿겠군요."

"모두 그쪽이 데려온 친구, 클레반의 작품이지. 그 친구가 조각가거든. 아, 나는 재봉술에 능통하오."

장인들도 각자 분야가 다른 모양이었다. 클레반이 기억을 잃고도 조각상에 집착했던 이유, 또한 베르톨도가 미첼 그린 리버에게 로브를 지어준 이유이기도 했다.

"저 조각상 속에는 각각 하나의 아티팩트, 우리 여덟 장인이 프란 님께 바치고자 만든 걸작들이 보관되어 있소. 저 조각상들은 말하자면 보관함인데, 아마 그분께서도 힘으로는 부술 수가 없을 거요."

용의 스승이라는 최초의 마법사조차 부술 수 없다? 그 자체로도 신기한데, 하물며 제작자가 저 꼬마 클레반이란다.

살아온 세월까지 꼬마는 아닐 테지만, 신기할 따름이었다.

"지금 내가 내어줄 수 있는 아이는 단 하나뿐이오. 다른 조각상들은 모두 각각의 부모들, 그러니까 장인들만이 열어줄 수 있거든."

베르톨도가 가장 왼쪽의 드래곤 조각상 앞에 멈췄다.

"무슨 뜻인지 이해를 하시겠소?"

"나머지 아티팩트를 얻어내려면 다른 장인들의 도움이 필요하다, 그런 말씀이시겠죠."

"바로 맞추셨소."

그들은 결코 죽을 수가 없다.

세상 어디든 살아남아 있을 터.

갖고 싶다면 그들부터 찾아오란 얘기였다.

"일단은 내 아이부터 소개해 주도록 하겠소."

드래곤 조각상에 마나를 주입시키기 시작한 베르톨도, 그러자 다물어졌던 조각상의 아가리가 쩍하고 벌어졌다. 그뿐만 아니라 새하얀 빛이 폭발하듯 뿜어져 나왔다.

"아직 이름은 없소. 항상 그 주인의 이름을 따서 지어줬거든. 후손분의 이름이 이안 페이지라 하셨으니, 이 아이의 이름은……."

빛이 모두 흩어져 버릴 때쯤, 푸른 빛깔의 로브 하나가 조각상의 아가리로부터 나풀나풀 떨어졌다. 미첼 그린리버의 로브도 그렇고, 진한 푸른색의 색감은 베르톨도의 취향인 것 같았다.

"이안 페이지의 로브, 그 정도가 적당할 것 같군."

이안 페이지의 로브, 그 깃털보다 가벼운 푸른 빛깔 로브가 이안의 손 위에 안착했다. 마치 제 주인을 알아보기라도 한 듯 정확한 착지였다.

"마음에 드시오?"

"글쎄요. 아직은……."

"한번 입어보시구려."

베르톨도의 목소리에서 자신감이 느껴졌다.

얼마나 대단한 힘이 깃들었기에 저럴까?

이안의 기대가 눈덩이처럼 불어났다.

"노파심에 드리는 말씀이오만, 너무 놀라지는 마시오. 마법을 부리는 존재라면 누구나 한 번쯤 꿈꿔볼 이상, 바로 그 꿈을 현실로 실현 시켜 줄 로브이니."

'마법사라면 누구나 꿈꿀 만한 이상?'

이안이 새로운 로브, 일명 '이안 페이지의 로브'를 멀뚱멀뚱 바라봤다. 자신의 이름으로 하여금 세상에 모습을 드러낸 아티팩트, 그 로브가 지닌 힘이 궁금해졌다.

'이상이라…….'

한 가지 추측과 함께 로브를 입어본 이안.

처음은 미첼 그린리버와 로브와 똑같았다.

이안의 사이즈에 맞도록 조절되는 로브.

착용감 또한 그 어떤 의복보다 편했다.

"······!"

하지만 중요한 부분은 따로 있었다.

모든 마법사가 꿈꿀 만한 이상.

그 표현이 체감되기 시작했다.

"마나가······."

로브가 머금은 힘이 이안의 육신으로 스며들었다. 그 목적지는 명백한 '마나 하트'였다. 도대체 어떤 능력이 펼쳐질까? 마나의 회복력 강화? 근본적인 한계치의 증가? 아니, 로브의 힘은 그 정도로 단순하지 않았다. 충분히 그 이상을 해냈다.

"무한의 마나."

베르톨도가 이안의 변화를 대신 짚어줬다. 바로 그랬다. 로브를 착용한 이안의 마나 하트는 한계치를 잊어버렸다. 인즉 무한정의 마나가 심장 속에 새겨진 거다.

"그것이 바로, 내가 탄생시킨 일생의 걸작이오."

베르톨도의 확신 어린 설명에도 이안은 좀처럼 입을 떼지 못했다. 다만 마나와 마나 하트의 변화를 조금씩 곱씹었다. 분명 예전과는 느낌부터 달라졌다.

본디 마나와 마나 하트란 물과 물병과도 같았는데, 물병에 물이 얼마나 차 있는지 실시간으로 느껴졌다. 출렁거림이 느껴졌다는 얘기다. 한데 지금은 아니었다.

'그 출렁거림이 전혀 없다.'

물병 속 빈 공간을 의미하는 출렁거림이 사라졌다. 뚜껑 끝까지 가득 담긴 물병처럼 단단했다. 아무리 물을 쏟아내도 결단코 줄어들지 않는 마법의 물병, 그 비현실적인 물병이 이안의 심장 속에 각인된 거다.

"이건…… 비현실적이군요."

"말하지 않았소?"

제아무리 마법 쪽으로는 산전수전 다 겪어본 이안이라도 얼이 빠질 수밖에 없었다. 무한의 마나라니, 그런 이안의 반응에 베르톨도가 껄껄 웃으며 말했다.

"아마 프란 님이었다면 좀 더 과장된 반응을 보여주셨을 텐데, 후손분께서 훨씬 점잖으신 것 같구먼. 하긴 얼굴의 생김새부터가 많이 다르긴 하오만."

물론 이안의 귀에는 들어오지 않았다.

여전히 로브와 변화에 매료되어 있었다.

'이 정도면 충분히 전생을 뛰어넘었다.'

이안은 현재의 수준을 그리 확신했다. 물론 이 로브를 입었다고 8클래스의 경지까지 회복한 것은 아니었다. 마나의 질은 여전히 7클래스의 범주였으니 말이다.

'설마 이런 아티팩트가 존재할 줄이야.'

그렇다 해도 무한에 가까운 마나를 가진 7클래스 마법사는 차원이 다르다. 만약 이 상태로 8클래스의 경지를 무사히 이루어낸다면?

'제법 볼만하겠군.'

심지어 아직 끝난 것도 아니었다.

이제 하나의 아티팩트만 착용한 거다.

남아 있는 아티팩트가 일곱 가지에 달했다.

'분명, 이 로브와 비슷한 힘을 가졌겠지.'

생각만으로도 심장이 두근거렸다. 애당초 이안은 아티팩트에 큰 의미를 두지 않았다.

전생에는 물론이거니와, 이번 생 역시 처음에나 유용하게 써먹을 법한, 거쳐 가는 도구쯤으로 여겼다.

높은 경지를 이룰수록 아티팩트의 효과 또한 상대적으로 미미해지기 때문이었다. 하여 장인을 찾아 나선 거다. 기존의 것들보다 더욱 강력한 아티팩트가 존재하지 않을까 하는 기대감, 바꿔 말하자면 지푸라기라도 잡는 심정이었다.

분명 그랬을 텐데.

'이런 아티팩트라면 상황 자체가 달라진다.'

그 결과 얻어낸 아티팩트의 힘은 결코 지푸라기 따위가 아니었다. 이 정도면 단단한 동아줄이나 마찬가지라는 얘기다. 심지어 이런 동아줄이 일곱 개나 더 남아 있다고?

"아이가 꽤 마음에 드는 모양이오."

이안의 생각이 깊어질 무렵.

베르톨도가 넌지시 말을 걸어왔다.

감상이라도 듣고 싶은 모양새였다.

"솔직히 말씀드려도 되겠습니까?"

"지금까진 거짓말만 하셨는가?"

"그건 아닙니다만."

"농담이오. 말씀해 보시구려."

"이런 아티팩트는 처음입니다."

이안의 첫마디는 그랬다.

계속해서 찬사가 이어졌다.

"상당히 많은 수의 아티팩트들을 경험해 봤다고 자부합니다만, 그간 모든 것들이 전부 다 쓰레기처럼 느껴질 정돕니다. 말 그대로 걸작이군요."

"허허헛!"

그 찬사에 베르톨도가 너털웃음을 터뜨렸다. 스스로도 어색한지 금방 멈췄지만, 기쁨의 순도가 가득한 웃음이었다.

"크흠! 얼마 만에 웃어보는 건지 감도 안 잡히는군. 프란님께 듣고 싶었던 찬사를 후손분께서 대신해 주시는구먼."

실로 수백 년만의 한풀이.

감회가 남다른 베르톨도였다.

"설마 나머지 아티팩트들도 이 정도 수준의 걸작인 겁니까?"

"글쎄, 원체 각자가 꼭꼭 숨겨서 만들었다 보니 나도 잘 알지는 못하오만, 그래도 수준으로만 치자면 다들 비슷할게요."

"기대되네요."

"그래 봐야 내 아이는 못 따라올 터, 너무 기대는 하지 마시구려."

베르톨도가 짐짓 자랑스러운 어조로 말했다.

막간을 이용해 표출된 장인의 자존심이었다.

"그럴 거라 생각했습니다."

"크흠……!"

수백 년 만에 듣는 찬사와 아부라서 그럴까? 처음 만났을 때만 해도 한없이 건조했던 베르톨도의 어조가 조금은 풍부하게 살아났다.

오랜 세월 끝에 메말랐을지언정, 그 또한 사람이었다는 증거였다.

"그런데 저 꼬마…… 클레반 님께서도 포함이 되시는 겁니까?"

"포함?"

"여덟 장인분 중에 한 분으로 말이죠."

이안의 물음에 베르톨도가 끄덕거렸다.

"오, 물론이오. 저 세 번째 조각상에 그 친구의 걸작이 보관되어 있지."

클레반은 분명 조각의 장인이라고 했다.

어떤 힘을 가진 조각상이 보관되었을까?

자신에게 어떤 도움을 줄 수 있을까?

마법사적 탐구심이 이안을 괴롭혔다.

확인해보고 싶은 욕구가 굴뚝같았다.

"아무래도 클레반의 걸작이 궁금한 모양이로군."

이안은 딱히 부정하지 않았다.

오히려 고개를 끄덕이며 인정했다.

"프란 님께서도 그러셨지. 궁금한 건 도통 참지를 못하셨소. 아무래도 그 페이지란 가문 핏줄의 특징인 것 같구먼."

회상하듯 읊조린 베르톨도가 클레반에게 걸어갔다.

꼬마의 얼굴을 가진 클레반은 여전히 잠들어 있었다.

"이 친구, 마법으로 재워두신 건가?"

"가벼운 주문입니다. 워낙 난리를 치시는지라."

"그렇겠지. 기억 속에 숨어버렸으니."

베르톨로의 커다란 손바닥이 클레반에게 뻗어졌다. 정확히는 그 이마를 감싸 쥐었다. 어찌나 큰지 손바닥 하나가 클레반의 머리통만 했다.

"일어나게. 오랜 친구여."

이안이 그 모습을 잠자코 지켜봤다.

딱히 마나의 흐름은 느껴지지 않았다.

마법으로 깨우는 행위가 아닌 것 같았다.

"그대의 집일세. 그만 숨고 나오는 것이 어떠하겠나?"

"……."

베르톨도의 속삭임이 얼마나 이어졌을까? 이윽고 클레반

의 의식이 돌아왔다. 두 눈을 스르르 떴고, 사방도 힐끔 둘러 봤다.

눈앞 베르톨도의 얼굴, 옆에서 지켜보는 이안의 얼굴, 백색의 신전, 두드리는 섬의 익숙한 풍경까지.

"나, 나는⋯⋯."

"클레반. 자네의 이름이지."

"내 이름⋯⋯."

"세상에서 가장 위대한 조각가이며."

"위대한⋯⋯ 조각가."

"프란 님의 여덟 장인 중 하나라네."

"프란⋯⋯ 프란 페이지 님⋯⋯."

프란 페이지.

그 이름을 입에 담는 순간이었다.

클레반의 육신에 변화가 일어났다.

갈색이었던 머리칼이 검게 물들었다.

피부 또한 방금까지보다 창백해졌다.

전체적으로 베르톨도가 비슷한 분위기를 풍겼다.

"우욱⋯⋯!"

한동안은 머리를 부여잡은 채 구역질하기 바빴던 클레반, 그가 점차 안정을 되찾았다. 불사의 육신을 가졌기 때문일까? 컨디션의 회복 속도가 확실히 남달랐다.

"⋯⋯베르톨도 아저씨?"

클레반은 베르톨도를 '아저씨'라 불렀다. 프란 페이지가 사라진 이후 일이백 년 이내의 기억인 것 같았다. 정신과 기억이 완벽하게 돌아오진 않았으나, 일단 만족할 수밖에 없었다. 연령대가 어려졌을지언정 클레반이란 '존재' 자체는 자각해 냈으니까.

"정신이 들었나 보구먼."

"제, 제가 왜 여기에……."

"저분께서 도와주셨지."

베르톨도의 가리킴에 이안을 발견한 클레반.

"자객……?"

그가 소스라치게 놀라며 중얼거렸다. 이안을 정말 자객이라고 여겼다기보다는, 여러 기억이 뒤엉킨 일종의 후유증인 것 같았다.

"전에도 말씀드린 것 같은데, 자객은 아닙니다."

"다, 다가오지 마시오! 나는 절대로 빵을 훔쳐 먹지 않았…… 내, 내가 지금 무슨 소리를……."

생각보다 그 후유증이 강하게 남은 모양이었다.

자신의 발언에 이상함을 느끼면서도 멈추지 못했고, 결국 베르톨도의 등 뒤로 숨어버리기까지 했다. 물론 겉모습은 여전히 꼬마였기에 어색하진 않았다.

"음, 아무래도 시간이 필요할 것 같소만."

"그런 것 같군요."

베르톨도의 말에 이안도 공감을 표했다.

무려 수백 년간 축적된 기억의 무게.

쉬이 털어내기란 어려운 일이겠지.

어쩌면 불가능할지도 모를 터.

"베, 베르톨도 아저씨."

"음?"

"프란 님께 드릴 걸작…… 꺼내셨어요?"

"아, 보다시피."

클레반의 눈이 일순간 번뜩거렸다.

로브가 보관되었던 첫 번째 용 조각상.

이제는 텅 비어버린 보관함을 바라봤다.

"어째서……?"

"저기, 그분의 후손께서 오셨네."

"저 자객…… 분이 후손이란 말씀이세요? 프란 님의 후손?"

후유증과 현재가 뒤엉켜 기묘한 호칭이 탄생했다.

클레반은 그 '자객분' 이안을 바라보며 고민에 빠졌다.

"그, 그럼 저도……."

이내 무언가 결심한 듯 발걸음을 옮겼다.

그 방향은 바로 세 번째 조각상.

자신의 걸작이 담긴 조각상이었다.

우우우우웅—!

세 번째 용 조각상에 클레반의 마나가 주입되었다. 아가리가 쩍 벌어졌고, 그 안으로부터 빛이 흘러나왔다. 속에 담겨 있었던 걸작 또한 저속낙하 주문이 걸린 채로 떨어졌다.

툭!

클레반의 걸작이 바닥에 툭 뒹굴었다.

한데 그 정체가 생각보다 독특했다.

총 여덟 개의 기다란 걸작들.

그 물건들은 아무리 봐도.

'말뚝……?'

아주 두툼하고 묵직한 백색의 쇠말뚝.

이안의 눈에는 그렇게밖에 보이지 않았다.

'저 말뚝 같은 게 걸작인가?'

이안이 의구심을 품든 말든, 클레반은 만족스러운 표정으로 말뚝 하나를 집었다. 그러더니 조각상의 꼬리 아래쪽으로 기어들어 갔다. 도무지 종잡을 수 없는 행보였다.

"뭘 하시는 거죠?"

"글쎄, 나도 잘 모르겠소만."

클레반의 행동을 이해하지 못하는 건 베르톨도도 마찬가지였다.

"제가 만든 걸작도 보, 보여드릴게요."

수줍게 중얼거린 클레반, 녀석은 곧 용 조각상의 꼬리 아랫부분에 말뚝을 박아 넣기 시작했다.

힘으로 욱여넣는 것은 아니었다. 처음부터 알맞은 구멍이

뚫려 있었던 거다.

"여기다 이렇게…… 말뚝을 박아주시면……."

말뚝이 조각상 꼬리 깊숙한 곳까지 박힐 무렵. 고작 말뚝 따위가 클레반의 걸작으로 보관되었던 이유 또한 조금씩 밝혀지기 시작했다.

"자객…… 아니, 후손님께 소개해 드리겠습니다!"

급히 호칭을 바꾼 클레반의 외침과 함께.

실로 놀라운 광경이 섬 중앙에 펼쳐졌다.

한마디로 표현하자면…… 움직였다.

도대체 무엇이 움직였느냐?

말뚝 하나가 박힌 용 조각상.

그 거대한 조각상의 발이.

기다란 목과 꼬리가.

하물며 날개까지도.

"용용이……."

이름을 소개했던 클레반의 눈이 조각상 쪽으로 돌아갔다. 정확히는 조각상들이 세워진 순서를 살폈다. 움직이기 시작한 조각상은 왼쪽 기준으로 세 번째였다.

"3호!"

용의 모습을 똑 닮은 드래곤 조각상.

그 백색의 조각상이 날개를 퍼덕거렸다.

조각된 눈으로부터 푸른색 안광까지 뿜어졌다.

6장
여덟 장인 집결령

거대한 드래곤 조각상, 통칭 '용용이 3호'가 허공으로 날아 올랐다. 결코, 추상적인 표현이 아니었다. 정말 두 날개를 퍼 덕거리며 두드리는 섬의 창공을 자유로이 날았다.

마치 생명체처럼, 살아 있는 드래곤처럼 말이다.

"아, 아직 끝난 게 아니에요! 주목하세요! 주목!"

그리 말한 클레반이 첫 번째 드래곤 조각상으로 다가갔다. 베르톨도의 로브가 보관되었던 조각상이었는데, 녀석은 그 조각상의 꼬리 밑에도 말뚝을 박아 넣기 시작했다. 순서상으 로 그 이름을 짐작해보건대.

"용용이 형제 중 맏형! 용용이 1호!"

첫 번째 조각상 역시 세 번째 조각상과 마찬가지였다. 그 움직임이 굉장히 자연스러웠다. 비슷한 존재로 골렘이 존재하긴 하나, 저 정도 크기와 움직임은 흉내조차 낼 수 없으리라.

"어때요? 멋지죠?"

클레반이 의기양양한 목소리로 말했다.

작은 어깨까지 한껏 으쓱거렸다.

어지간히도 자랑스러운 모양인가보다.

"감탄스럽습니다."

"헤헷."

충분히 인정한다는 듯 끄덕거린 이안.

하나 머릿속엔 전혀 다른 그림을 그렸다.

"클레반 님. 하나만 여쭤도 되겠습니까?"

"그럼요. 뭐든 말씀만 하세요. 자객…… 후손님!"

"저 조각상들은 클레반 님의 명령을 듣는 겁니까?"

"당연하죠! 제가 부모님이나 마찬가진데."

"그렇군요."

"그리고 용용이에요!"

가장 중요한 부분은 확인되었다.

이안이 베르톨도를 바라보며 말했다.

"베르톨도 님."

"듣고 있소."

"나머지 여섯 장인분을 모셔오겠습니다."

아티팩트를 모두 손에 넣기 위해서라도 여섯 장인의 행방은 필수였다. 오직 그들만이 저 보관함을 열어줄 수 있으니까.

베르톨도 역시 동의하며 나섰다.

"나쁘지 않은 선택이오. 살아들 있을 테니까. 애초에 죽고 싶어도 죽을 수가 없는 몸이니 말이오. 다만 찾아내는 게 쉬운 일은 아니겠소만……."

"아뇨."

이안이 베르톨도의 말을 가로막았다.

그에게는 계획이란 것이 있었다.

"무작정 찾아다니진 않을 겁니다."

"음? 그럼 어찌하겠다는 말씀이시오?"

"섬으로 돌아오게 만들 생각입니다."

"돌아오게 만든다? 내 동지들이 직접?"

"그렇습니다."

여섯 장인을 찾아다니는 게 아니다.

그들이 직접 돌아오도록 만들 것이다.

이안의 계획은 그러한 목표를 가졌다.

"방법이라도 있는 것이오?"

"드래곤이란 존재가 다시 나타났다는 말씀을 드렸을 때, 베르톨도 님께서는 저에게 어떤 것부터 확인하셨습니까?"

"음? 내가 말이오?"

갑작스러운 질문에 고민했던 베르톨도.

곧 대답을 찾아 입 밖으로 내뱉었다.

"그야…… 프란 님께서도 나타났느냐 물었소만."

여덟 장인의 주인, 프란 페이지는 드래곤과 함께 이 세상에서 사라져 버렸다. 드래곤의 등장과 연관성을 부여하는 건 지극히 정상적인 반응이었다.

"바로 그겁니다."

"그거라니, 무슨……?"

테르톨도는 여전히 알아들을 수 없었다.

도대체 이안이 어떤 계획을 세워둔 걸까?

"이 대륙 전체에."

이안이 하늘을 배회하는 드래곤 조각상.

용용이 1호와 3호를 바라보며 중얼거렸다.

"사라졌던 드래곤이 나타날 겁니다."

"좀 더 알아듣게 설명을 해주시오."

"그런 소문을 퍼뜨릴 생각입니다."

"소문?"

"저 조각상, 용용이로 말이죠."

용용이를 통하여 소문을 퍼뜨린다.

드래곤이 나타났다는 소문을.

이게 무엇을 뜻하겠는가?

"……과연."

이제야 베르톨도도 이안의 계획을 완전히 이해할 수 있었다. 방법만 놓고 보자면 상당히 간단했다.

먼저 실제와 똑같은 드래곤 조각상, 용용이를 세상 밖으로 보낸다. 몇몇 주요한 도시와 지역의 하늘을 유유히 날아가는 거다.

하면 수많은 사람이 그 광경을 목격할 것이며, 얼마 지나지 않아 관련된 소문들이 파다하게 퍼져나갈 터. 세상 곳곳 숨어 있을 장인들의 귀에도 한 번쯤 들어갈 수밖에 없으리라.

'그들도 베르톨도와 똑같이 반응할 거다.'

사라졌던 드래곤이 세상에 나타났다.

그렇다면 프란도 나타나지 않았을까?

여덟 장인이라면 분명 그리 생각하리라.

'결국, 제 발로 찾아오겠지.'

생각이 거기까지 닿는다면, 그들은 분명 두드리는 섬으로 돌아올 것이다. 변수가 발생할지도 모르겠으나, 적어도 직접 찾아다니는 것보단 보장된 계획이 아니겠는가?

"클레반 님."

"넵! 후손님!"

"조각상들, 어떤 명령까지 수행할 수 있습니까?"

"우음, 딱히 한계랄 건 없어요. 명령권자만 주변에 계속 있어 주면 되거든요. 두 녀석 전부 제가 주인으로 되어 있을 텐데…… 원하신다면 후손님으로 바꿔드릴 수도 있고요."

듣던 중 반가운 소리였다.

이안이 만족스러운 어조로 말했다.

"타고 다니면 편하겠군요."

"원래 그러려고 만든 녀석들이긴 해요."

"탁월하십니다."

"헤헷."

명령권자가 가까워야 한다.

다소 번거로웠지만, 괜찮았다.

그 정도야 충분히 감수해낼 수 있다.

오히려 기분 좋은 수고가 아닐까?

'나머지 아티팩트만 얻어낼 수 있다면 말이지.'

결심을 내린 이안이 클레반에게 말했다.

"우선 한 마리만 빌려볼까 하는데."

"그러실래요?"

"제가 뭘 어떻게 하면 되겠습니까?"

"하실 건 없고, 잠깐만요!"

클레반의 손짓 한 번에 창공을 날던 용용이 1호와 3호가 제자리로 착지했다.

꼬마를 주인으로 모시는 드래곤이라니, 비록 조각상에 불과할지라도 나름 근사해 보였다. 이야기책이나 연극 속에서나 등장할법한 드래곤 마스터, 그런 느낌이 물씬 풍겼다.

"1호! 꼬리 들어!"

"그으으……?"

클레반의 명령에 용용이 1호가 쇳소리를 내며 갸웃거렸다.

"이거 말이야! 이거! 위로 올려 보라니깐?"

결국, 클레반이 꼬리를 툭툭 쳐주고 나서야 알아듣는 용용이 1호였다. 그 단단하면서도 기다란 꼬리가 하늘 위로 번쩍 들어 올렸으니까. 덕분에 박혀 있던 말뚝의 끝부분이 바깥으로 드러났다.

"옳지! 착하다 용용아."

"그으응……!"

"오구오구, 귀여운 것."

기괴한 쇳소리였으나, 클레반의 귀에는 아주 귀여운 울음소리 정도로 들리는 모양이었다. 이안 본인도 마법에 미쳐본 경험이 있는 만큼 대수롭지 않게 넘어갔다.

무릇 취향은 방대하며 자유로운 법이니까.

"잠시 이쪽으로 와주실래요?"

용용이 1호기의 말뚝을 살짝 뽑아 만지작거리던 클레반, 그가 이안에게 손짓했다. 가까이 오라는 신호와 함께였다.

"이 말뚝에 후손님의 성함을 새길 거예요."

"이름으로 각인을 시키는 겁니까? 신기하군요."

"아니요, 그냥 적어두는 건데……."

"……이안 페이지입니다."

실로 소꿉놀이와 흡사한 분위기, 그러나 실상은 거대한 드래곤 골렘의 소유권을 양도받는 상황 아니겠는가?

묵묵히 클레반의 요청대로 따라주는 이안이었다.

"여기, 이 부분에 마나도 주입해주 시고요."

"얼마나 주입 시키면 되겠습니까?"

"으음, 딱 코딱지만큼만요."

"코…… 알겠습니다."

이안은 요청대로 정말 조금만 주입 시켰다.

그러자 클레반이 고개를 저으며 말했다.

"에이, 조금 더 쓰셔야죠."

"……."

"왕 코딱지요. 왕 코딱지."

이게 지금 뭐하는 짓인지 모르겠다.

삐끗하면 자괴감마저 들 지경이었다.

"그만! 좋아요. 잘하셨어요."

"휴우……."

"말은 어지간하면 다 알아들을 거예요."

"그린리버 제국의 언어도 가능합니까?"

"당연하죠! 용용이는 똑똑하거든요."

"그렇군요."

"근데 거기 왕국 아니에요?"

"······그린리버 왕국, 맞습니다."

후유증으로 뒤죽박죽이 된 클레반의 기억이다.

그린리버를 왕국으로 기억하는 것도 무리는 아니다.

"이안 님은 혹시 돼지고기 좋아하세요?"

"크게 가리는 편은 아닙니다."

"염소고기는요?"

"마찬가지로 가리지 않습니다."

"용용이 1호는 돼지랑 염소를 좋아해요."

"······조각상이 고기도 먹습니까?"

"그냥 설정이에요."

"······."

"아, 과일은 싫어해요."

"······."

"절대 주지 마세요. 아셨죠?"

의외의 강적을 만나 버린 이안.

그 천진난만한 협업이 끝나갈 때쯤.

"자, 이제 용용이 1호는 자객······ 후손분, 이안 페이지 님의 명령을 따를 거예요. 실수해도 너무 혼내시진 마시고요. 용용이 1호가 마음이 좀 여리거든요."

드디어 드래곤 조각상, 정식명칭 '용용이 1호'가 이안의 수중으로 떨어졌다. 이제 놈을 타고 대륙을 순회할 차례만 남았다.

"다른 이름으로 불러도 됩니까?"

"안돼요! 무조건 용용이에요!"

"……."

이안의 취향은 아니다만, 어쩌겠는가?

제작자가 그렇다는데, 별수 없지.

한숨을 내쉰 이안이 입을 열었다.

"용용이…… 1호?"

"그르르릉……!"

여전한 쇳소리.

무려 울음소리였다.

물론 귀엽지는 않았다.

"등에 좀 올라타도 되겠니?"

말을 하고도 당혹스러운 이안이었다.

골렘에게 이토록 공손한 부탁이라니.

생김새가 영락없는 드래곤인 탓일까?

영 편하게 대하기가 어려웠다.

"그르……."

어쨌거나 명령권자의 명령이다.

용용이 1호가 몸을 잔뜩 낮췄다.

날개와 꼬리까지 축 내렸다.

밟고 올라오란 뜻이리라.

'그래도 골렘은 확실하군.'

용용이 1호의 몸뚱이는 당연하게도 단단했다.

잘 조각된 백색 광물이나 마찬가지였다.

이제야 골렘이라는 사실이 체감되었다.

"날아볼까?"

용용이의 목덜미 끝부분에 자리를 잡은 이안, 그가 가볍게 속삭이자 기다렸다는 듯 허공으로 날아오르는 용용이 1호였다.

비록 날개를 휘젓기는 했으나, 날개의 부력으로 비행하는 것은 아니었다. 그보단 미첼 그린리버의 로브처럼 '강화된 플라이 주문'의 효과인 것 같았다. 아마 용용이 1호가 스스로 발동시키는 마법일 터.

"대단하군."

"그르르릉……!"

이안의 짤막한 감탄을 듣기라도 한 걸까? 용용이가 더더욱 빠른 속도로 비행하기 시작했다. 마치 새로운 주인에게 가진바 능력이라도 뽐내는 것처럼 최선을 다하고 있었다.

"워워! 천천히! 천천히!"

그 빨라진 속도에 이안이 용용이 1호를 진정시켰다. 물론 이보다 훨씬 더 빠른 비행이 가능한 이안이었으나, 다른 존재의 등 위에서 맛보는 속도감이란 생각보다 경악스러웠다.

"휴우, 앞으론 이 속도로 날자고."

"그르르르르……!"

시간이 얼마나 흘렀을까? 어느 정도 익숙해진 이안이 지상으로 내려왔다. 그리고는 베르톨도와 클레반을 바라보며 말했다.

"그럼 대륙 순회 한번 해보고 오겠습니다."

"기간이 얼마나 걸리시겠소?"

"오래 걸리진 않을 겁니다."

이안은 자신감이 넘쳤다. 굵직한 도시들의 위치라면 어느 정도 꿰고 있으며, 텔레포트 주문의 활용으로 이동거리를 최소화시킬 수도 있었다.

물론 이 거대한 용용이 1호와 공간이동을 해내는 것이 쉬운 일은 아닐 테지만, '무한대의 마나'가 장착된 지금이라면 불가능한 일도 아니었다.

"그리고 이건……."

이안이 아공간 주머니로부터 무언가를 꺼냈다.

콜드우드 황태자에게 받은 '마법의 비단'이었다.

"호오, 제법 괜찮은 비단이로구먼."

비단을 건네받은 베르톨도가 감탄 어린 목소리로 중얼거렸다. 딱 한번 보고 만지는 것만으로도 비단의 가치가 단박에 느껴지는 모양새였다.

"선물로 받은 비단입니다. 이제야 다뤄주실 분을 만난 것 같네요."

"이왕 엮인 거 단단히 부려 먹으시겠다, 뭐 그런 것이오?"

"그건 아닙니다. 내키지 않으신다면······."

"농담이오. 농담."

베르톨도의 두 눈이 비단을 훑었다.

그 속에 복잡한 감정이 일렁거렸다.

"······거의 삼백 년만 아니겠소? 후손분을 여기까지 인도해 준 그 친구, 미첼에게 선물해 줬던 로브가 마지막이었으니 말이오."

재봉사로서 비단을 만지는 것.

익숙했던 바늘과 실을 다루는 것.

모든 게 장장 삼백 년 만의 일이었다.

충분히 감회가 남다를 민도 했다.

"마침 푸른색이로군."

베르톨도가 본격적으로 마법의 비단을 살폈다. 명백한 장인의 눈매였다. 이미 그 머릿속엔 수많은 가공법과 도안들이 그려지고 있었다.

"다녀오시오. 어여쁜 아이를 만들어두도록 하지."

만족스러운 대답을 얻어낸 이안.

그가 용용이 1호와 함께 날아올랐다.

오직 장인만이 들을 수 있는 메시지.

그 '집결령'을 온 대륙에 뿌리기 위하여.

"자네들, 그 소문 들었나?"

"화이트 드래곤?"

"어? 알고 있네?"

"알지 그럼."

"요즘 얼마나 시끄러운데."

"가는 곳마다 그 얘기라니깐?"

요 몇 달 사이.

세간에 특별한 소문이 돌기 시작했다.

바로 '화이트 드래곤'에 관한 소문이었다.

"직접 봤다는 작자들이 많다고."

"그래도 이 근처에는 아직 없잖아?"

"들어오는 상인들 얘기가……."

로 공국 수도, '로하람'의 어느 선술집.

호사가들의 대화가 이어지는 그때였다.

"크르르르르릉-!"

선술집 바깥, 정확히는 바깥의 하늘 머나먼 곳으로부터 기괴한 쇳소리가 들려왔다. 왠지 모르게 짐승의 울음소리 같기도 했다.

"뭐, 뭐야 저거?"

"사람 소리는 아닌 것 같은데……."

"……설마?"

두려움 반, 호기심 반으로 서로의 눈만 쳐다봤던 선술집 호사가들. 그들이 용기를 쥐어짜 내며 바깥으로 나섰다. 혹시 그 소문의 중심, '화이트 드래곤'이 나타난 건 아닐까?

"저, 저기……!"

"용……?"

"저게 진짜 용이란 말이야?"

"무, 무슨…….."

"말도 안 돼……."

이미 로하람의 백성들은 너도나도 거리로 나와 하늘을 올려다보고 있었다. 모두가 공통된 무언가를 가리키며 경악하기 바빴는데, 그 대상이 소문 속 주인공, '화이트 드래곤'과 흡사했다. 사람들에게 통상적으로 알려진 드래곤의 형상 그대로였다.

"크르르르르르……!"

그 거대한 화이트 드래곤은 한동안 공국 수도 로하람의 창공을 서성거렸다. 마치 자신의 존재와 건재함을 인간 나부랭이들에게 뽐내기라도 하려는 듯, 고루고루 움직였다.

"이만하면 됐어."

"크르릉……!"

사람들에겐 보이지 않을 드래곤의 목덜미.

그곳으로부터 한 남자의 목소리가 들렸다.

투명화 마법을 시전 중인 이안이었다.

"이쯤 했으면 슬슬 입질도 오겠지."

이안은 '용용이 1호'와 함께 로 공국, 콜드우드 제국, 그린 리버 제국으로 이루어진 대륙의 주요한 도시와 영지들을 두루두루 순회했다.

물론 국가의 영향력이 닿지 않는 동부 대초원이나 몇몇 대도시급 자유도시 또한 빼먹지 않았다. 그야말로 꼼꼼하게, 소문낼 입이 많은 지역이라면 어디든 날아갔다.

"돌아가자. 두드리는 섬으로."

"크릉!"

계획대로 대륙 순회를 끝마친 이안과 용용이 1호. 그들이 장인들의 집결지인 두드리는 섬으로 돌아갔다. 아마 지금쯤 이면 소문을 일찍 접한 장인 몇몇은 도착했을지도 모르리라.

이안과 용용이 1호가 섬으로 돌아오기까지는 생각보다 긴 시간이 소요되었다. 돌아오는 길에도 소문을 뿌려둘 겸, 장인들이 돌아오는 시간도 기다릴 겸. 표현 그대로 겸사겸사 선택한 여유로운 복귀였다.

"세 분이나 오셨다는 말씀입니까?"

"그렇소. 생각보다 빨리들 돌아오더군."

그 여유로운 복귀 덕분일까?

뜻밖의 소식이 이안을 기다리고 있었다.

기껏 해봐야 한둘 정도 왔을 거라 봤다.

한데 벌써 세 명의 장인이 돌아왔단다.

"아직 나머지 세 친구가 돌아오지 않았소만, 이 기세라면 그들도 조만간이지 않겠소? 과연 그분의 후손다운 묘책이셨소."

간만에 동지들을 만난 베르톨도의 얼굴이 활짝 폈다. 창백하기만 했던 안색도 조금은 색깔을 되찾은 것 같았다. 물론 느낌상 그렇게 보일 뿐, 창백함은 여전했다.

"자, 이럴 게 아니라 소개부터 해드리겠소."

베르톨도와 클레반을 포함한 다섯 명의 장인들은 모두 각양각색 뚜렷한 개성이 흘러넘쳤다. 인종부터 성별, 외모와 체형까지 어느 것 하나 일치하지 않았다. 다만 한 가지 공통점이 있었는데, 모두 보기 드문 검은색 머리칼의 소유자였다.

"먼저 이쪽 숙녀분의 이름은 할리아, 대장기술의 명인이지."

"숙녀분은 개뿔, 이 늙은이가 지금 몇백 년 전 헛소리를 하는지 모르겠네. 클레반이랑 같이 쌍으로 미치셨나?"

베르톨도는 가장 먼저 검은 머리칼의 여인을 소개해 줬다. 겉모습만 놓고 보자면 누가 봐도 스무 살 안팎의 여인이었으나, 그녀 또한 프란 페이지에게 선택받은 장인으로서 영겁의 세월을 살아온 존재였다. 말투부터 예사롭지 않았다.

"인사는 됐고, 그 양반 후손이시라면서? 소문은 들어봤지. 그린리버의 대마법사 이안 페이지, 성이 페이지라기에 긴가민가했거든."

그녀는 모든 것을 포기한 채 드워프의 지하도시에서 대장장이 일에만 집중해 왔다고 한다. 그래서일까? 말투가 상당히 거칠었다. 듣기로는 드워프들이 그렇게 다혈질이라고 하던데…….

"원래 걸걸한 친구니, 이해를 좀 해주시오."

베르톨도의 귓속말이 곁들어졌다.

그냥 저 말본새가 태생인가보다.

"뵙게 되어 영광입니다. 이안 페이지입니다."

"영광은 개나발, 나 좀 빨리 죽여달라고."

"노력해 보겠습니다."

그럼에도 이안은 전혀 개의치 않았다. 만들어진 웃음과 함께 악수까지 청했다. 심지어 거절을 당했는데도 웃음을 잃지 않았다. 다 이해한다는 얼굴이었다. 오랜 세월 죽지 못하고 살았는데, 말투가 좀 사나울 수도 있는 법 아니겠는가?

'중요한 건 아티팩트지.'

심지어 그녀는 이안 자신에게 나머지 아티팩트 중 하나를 선사해줄 장인 되시는 분이다. 험악한 말투가 아니라 보는 앞에서 상욕을 해도 용서해 줄 의향이 있었다. 물론 원하는 바를 얻기 전까지만.

"그리고 이쪽은 보석세공의 명인……."

"데니스요."

마치 눈 화장이라도 한 듯 새까만 눈 밑을 가진 사나이, 보석세공의 명인 데니스가 재빨리 자신을 소개했다. 그러더니 한적한 곳에서 하늘만 바라봤다. 아주 조용한 남자였다.

"원체 조용한 친구이니, 후손분께서 이해를……."

"괜찮습니다. 사과하실 필요 없어요."

이안은 너그러이 넘어가 줬다.

사람 성격이 조용할 수도 있지.

낯을 좀 가릴 수도 있는 거다.

'암, 그렇고말고.'

"고맙네. 아, 마지막으로……."

"반갑소! 나 제르비오라고 하오. 따지자면 목수였는데, 지금은 뭐 나무로 할 수 있는 건 다 해보고 있소. 집도 건축하고, 배도 건조하고, 식탁도 만들고, 아, 내가 이번에 평범한 땔감보다 열 배는 더 오래 타는 땔감을 개발했는데 말이지."

자신을 목수라고 소개한 제르비오, 첫인상부터 엄청난 인물이었다. 올리버보다도, 나아가 필틴 항구의 뱃사람들보다도 훨씬 커다란 덩치의 소유자였으니까. 농담이 아니라 주먹 하나가 이안의 머리통만 했다. 거인의 핏줄이 아닐까 의심마저 들 정도였다.

"이번 세대에는 이 땔감으로 새로운 사업을 시작해 볼까 하는데, 후손분께서 보시기엔 어떠신가? 그린리버 쪽에서 힘을 좀 실어준다면 내 이번에야말로……."

생긴 건 드래곤도 때려잡게 생겨 먹은 양반이, 어울리지도 않게 웬 사업 얘기를 꺼내고 있었다. 아니, 애당초 아티팩트 장인씩이나 되는 양반이 무슨 땔감 사업이란 말인가?

'그냥 재미 삼아 해보는 거겠지.'

충분히 그럴 수도 있겠다 싶은 이안이었다.

그 오랜 세월, 취미생활이라도 즐겨야지.

그래야 멀쩡하게 살아갈 수 있을 터.

삐끗했다간 클레반처럼 되는 거다.

"이 친구, 아직도 그놈에 사업 타령인가?"

"타령이라니? 이렇게 된 마당에 하고 싶은 거라도 미친 듯이 해봐야 하지 않겠나? 자네들이 미련한 거야. 엉? 툭하면 맨날 죽을 생각만 하고, 엉? 수백 년째 하던 거나 계속하고 말이지. 엉? 사람이 그러면 안 돼!"

"그 옛날에도 말아먹은 사업이 몇 갠데?"

"어허! 지금은 달라. 경험이 쌓였다 이 말씀이지!"

베르톨도와 제르비오는 어제도 만나 한 잔씩 걸쳤던 친구처럼 사이가 좋아 보였다. 하기야, 저 걸걸한 대장장이 여인 할리아와 음침한 보석세공사 데니스에 비한다면 제르비오는 양반인 것 같았다.

"뵙게 되어 영광입니다. 이안 페이지라고 합니다. 지금 말씀하신 사업은…… 여유가 되는대로 검토해 보도록 하겠습니다."

"오! 그거 진심인가?"

"물론이지요."

"고맙네! 호탕한 게 역시 그분의 후손이로군!"

"하하……."

드래곤에 관련된 소문을 듣고 모여든 세 명의 장인, 그들과 이안의 가벼운 통성명이 끝났다. 현 상황에 대한 자초지종은 이미 베르톨도가 설명을 끝내둔 상태였다.

"이미 아시겠지만, 저는 지금 장인분들의 도움이 절실합니다."

이안의 말에 다양한 성격의 장인들이 모두 집중했다. 이러니저러니 해도, 그들에게 영생이란 이제 저주나 마찬가지였다. 어쩌면 그 저주를 해방 시켜 줄 수도 있는 존재, 이안의 말을 허투루 들을 리가 만무했다.

"물론 아무런 대가도 없이 도움만 바라는 것은 아닙니다. 여러분께 영생을 내려주신 프란 페이지, 저는 그분이 사용하셨던 언어의 힘을 흉내 낼 수 있습니다. 아직은 부족합니다만, 지속적으로 발전시킬 계획입니다."

이안의 얘기가 계속되는 그때.

"어떻게 믿지?"

의구심을 표하는 목소리가 들려왔다.

걸걸한 대장장이 할리아일까?

"그 언어의 힘이라는 것."

예상과는 달리, 의외의 인물이었다.

조용한 보석세공사, 데니스였다.

"⋯⋯믿는 건 여러분들의 자유입니다. 단지."

잠시 말문을 멈춘 이안.

그가 곧장 마나부터 끌어모았다.

행동으로 보여주는 게 우선일 터.

"그럴싸한 증거가 있긴 합니다."

한때는 '용언'이라고 믿었던 마법.

그 언어의 힘을 선보이기 시작했다.

[아타르 하카.]

아타르 하카.

검은 불꽃.

과거 페어리 퀸에게도 선보였던 용언 마법, 지금은 언어의 힘으로 정정된 마법이 펼쳐졌다. 주문의 해석 그대로 검은 불꽃, 그 강렬한 흑염 한 송이가 이안의 손 위로 불타오르기 시작했다.

"⋯⋯평범한 마법은 아니군."

장인들 또한 마법사와 동류의 힘을 가진 존재, 평범한 마나로 이루어진 불꽃이 아님은 단박에 알아챌 수 있었다.

"그 양반이 하던 짓이랑 비슷하긴 한데?"

걸걸한 대장장이 할리아 역시 동의를 표하며 나섰다. 언어의 힘은 육성이 아닌 마나의 소리로 퍼져나간다. 그 특징을 잘도 기억해낸 모양이었다. 흔한 경우가 아니었으니까.

"이게 뭐냐고 하실까 봐 걱정했는데, 다행이네요."

이안이 농담처럼 말하며 불꽃을 거두었다. 그러면서도 새삼 놀라움을 느꼈다. 얼마 전까지만 해도 기초적인 언어의 힘 한 번이면 마나 통이 거덜 나는 수준이었다. 한데 지금은 아무런 느낌조차 없었다. 간에 기별도 안 간다, 그리 표현할 수 있으리라.

'로브의 힘인가?'

베르톨도의 걸작.

'이안 페이지의 로브.'

과연 대단한 물건이었다.

"좋아! 나는 내 사업 파트너의 말을 믿겠어. 기꺼이 도와주도록 하지! 얼굴이 좀 너무 안 닮은 것 같기는 했는데, 대대로 그쪽 핏줄들 마누라가 다 미녀였겠지 뭐!"

먼저 결심을 세우는 쪽은 제르비오였다.

심지어 사실과 가까운 추측까지 해냈다.

마누라가 미녀다, 틀린 말도 아니었다.

"뒈질 수만 있다면 뭔들 못하겠어?"

대장장이 할리아 역시 결정을 내렸다.

특유의 거친 말투만큼은 여전했다.

"……."

보석세공사 데니스 또한 묵묵히 걸었다.

걸작이 보관된 조각상 앞으로 말이다.

"우와아……! 그럼 이제 용용이 2호랑 5호, 7호도 깨울 수 있겠네? 1호랑 3호는 좋겠다! 친구들 많이 생겨서."

"그르르……."

"그르릉……?"

이윽고 세 명의 장인들이 각각 걸작을 보관해둔 조각상 앞에 섰다. 클레반의 말처럼 용용이 2호, 즉 두 번째 조각상에는 할리아가, 용용이 5호, 다섯 번째 조각상에는 데니스가, 마지막으로 용용이 7호, 일곱 번째 조각상에는 제르비오가 멈췄다.

우우우우웅-!

클레반과 베르톨도가 걸작을 꺼낼 때와 똑같았다. 고유의 마나가 조각상으로 흘러 들어갔고, 벌어진 아가리 속으로부터 수백 년간 보관되었던 걸작들이 모습을 드러냈다. 과연 어떠한 아티팩트일까? 이안이 두 눈을 가늘게 뜨며 관찰했다.

'일단 저건 지팡이가 확실하고.'

과연 그들의 걸작들은 각자 분야와 상통하고 있었다. 먼저 목수 제르비오의 걸작은 '지팡이'였는데, 평범한 박달나무 지팡이임에도 잘 제련된 광물처럼 광택이 흘렀다.

'저건 보관함에 담겼으니까…… 장신구겠지.'

보석세공사 데니스의 걸작은 웬 자그마한 보관함에 담겨 있었다. 그 모양새로 추측하건대, 어떤 '장신구'가 확실해 보였다.

'그리고 저건…… 칼?'

마지막으로 대장장이 할리아의 걸작은 '장검'이었다. 분명 최초의 마법사 프란 페이지를 위하여 만들어진 걸작일 터, 한데 어째서 검을 만들었을까?

"내 마음이지."

그 의문에 대한 할리아의 대답은 그랬다.

자기 마음이란다.

"마법사라고 칼 못 쥐는 건 아니잖아?"

"……그렇긴 하네요."

"실력 있는 칼잡이가 써준다면 더 좋겠지만."

어찌 되었든 아티팩트 세 가지가 눈앞에 펼쳐졌다. 특히 저 지팡이와 장신구의 능력이 참으로 궁금한 이안이었다. 베르톨도가 내어준 아티팩트 로브와 동급, 혹은 그 이상의 힘을 발휘하지 않겠는가?

'……?'

기대감이 커져 가는 그때였다.

수상한 느낌에 멈칫거린 이안.

'뭐지?'

아주 가까운 곳으로부터 느껴지는 기운이었다. 장인들, 혹은 두드리는 섬 일대나 아티팩트에서 감지된 기운은 아니었다. 그보다 훨씬 가까운 곳, 굳이 예를 들자면.

'내 몸 어딘가.'

이안이 마나와 정신력을 집중시켰다.

그 감각의 근원을 찾아내기 위함이었다.

'이건······.'

수상한 감각의 근원은 예상대로 몸뚱이.

정확히 말하자면 몸속에 지닌 무인가였다.

'페어리 더스트······?'

페어리 퀸과 다시금 권속의 관계를 맺었던 당시.

그녀에게 받은 페어리 퀸의 분홍빛 가루들.

또한, 그녀에게 들었던 권속의 '또다른 능력.'

(도와줘.)

그 분홍빛 가루로부터 '생명력'이 느껴졌다.

이제 거의 다 꺼져가는, 페어리 퀸의 불씨가.

7장
내가 할 수 있는 일

(꺄아악!)

본래의 모습으로 돌아온 페어리 퀸, 그녀의 조막만 한 몸뚱이가 대저택 정원을 데굴데굴 굴렀다. 그야말로 만신창이였다.

(스, 스파르토이, 네가…… 네가 왜……?)

페어리 퀸이 힘겨운 목소리로 말했다. 저택의 담장은 군데군데 허물어졌고, 황금빛 안광을 번뜩거리는 용아병의 빈껍데기들이 사방으로 몰려들었다.

그녀는 몰려든 마흔 마리의 용아병 중 서른일곱 마리를 해치웠으나, 이젠 손가락 하나 까닥거릴 힘도 남아 있지 않았다. 한계에 도달한 거다.

(그 눈은 대체…….)

페어리 퀸은 이해할 수 없었다. 저 수많은 용아병들이 왜 인간의 도시를 침공하고 있으며, 어째서 같은 권속인 페어리 퀸 자신까지 공격을 하는 것인지, 게다가 저 황금빛 안광은 또 무어란 말인가? 스파르토이의 영혼은 분명 푸른색이다. 안광 또한 푸른색을 띠어야 할 터.

(우리의…… 임무…….)

용아병 껍데기가 페어리 퀸에게 다가왔다.

(관련된…… 존재의…… 말살…….)

놈이 손에 쥔 창날을 번쩍 들어 올렸다.

(이, 이대로 죽을 수는……!)

그녀가 어렵사리 몸을 일으켰다.

그마저도 비틀거리기 일쑤였다.

더는 맞서 싸우기란 불가능했다.

창날을 피해낼 여력조차 없었다.

"이거나 처먹어라!"

그때였다.

레디오의 외침이 들려왔다.

동시에 약병 하나가 던져졌다.

표적은 명백한 용아병 껍데기였다.

콰아아앙!

용아병 껍데기의 뒤통수로 날아든 화염병이 굵직한 폭발

을 일으켰다. 레디오와 더글라스가 만든 '특제 화염병'이었다. 위력이 제법 강한 모양인지 용아병 껍데기도 주춤주춤 물러났다.

"여왕님!"

그사이 달려온 이안의 어머니, 베네사가 재빨리 페어리 퀸을 안고 빠져나왔다. 그 모습을 확인한 레디오와 더글라스도 준비해온 화염병을 난사했다.

콰아앙! 쾅! 콰앙!

쩌렁쩌렁한 폭음이 이어졌다.

(야, 이 멍청이들아! 도망치라고 했잖아?!)

그 광경에 페어리 퀸이 버럭 화를 냈다. 자신이 저 용아병 껍데기들을 상대하고 있을 테니 그 틈에 도망쳐라. 분명 그렇게 말했을 텐데, 어째서?

"살아도 같이 살아야죠!"

화염병을 던지는 레디오가 대답했다.

페어리 퀸을 품에 안은 베네사도 끄덕였다.

그들은 처음부터 도망칠 생각이 없었다.

적어도 페어리 퀸만 놔두고는 말이다.

(이…… 이 멍청한 인간들이……!)

화염병의 위력은 생각보다 강했다. 준비해온 물량을 전부 소진 시키니 세 마리 남았던 용아병들도 만신창이가 되어버렸다. 단순한 화염병이 아니기에 가능했던 결과이리라.

"이, 이제 도망칩시다! 어서요!"

그나마 남자인 레디오와 더글라스가 앞장섰다. 뒤로 페어리 퀸을 안은 베네사와 하녀들이 따라붙었다. 괴물들이 더 몰려오기 전에 저택의 정원을 빠져나가야만 했다. 지금이라면 충분히 가능할 것 같았다.

"어……?"

하지만 그 희망은 오래가지 않았다.

또 다른 용아병들이 몰려들었으니까.

실로 최악의 상황이나 마찬가지였다.

"이런……."

저택의 대문도.

무너져 버린 담장들도.

모든 통로가 용아병 천지였다.

꼼짝없이 고립되었다는 얘기다.

"이, 일단 저택 지하로 내려갑시다! 이안 님께서 설치해 둔 마법 트랩이 있으니까, 그것들로 시간을 좀 벌다 보면……!"

"빠져나올 수 있을까요? 따라 들어올 텐데……."

"그, 그건……."

베네사의 물음에 레디오가 자신감 없는 목소리로 대답했다. 틀린 얘기가 아니었다. 이런 상황에서 지하로 숨어드는 것은 오히려 독이 될 수도 있다.

혹시 모를 구조의 손길에서 벗어나는 행위이며, 지금보다 훨씬 완벽하게 고립되는 꼴이니까.

(멍청한 인간들! 진즉에 도망치라고 하지 않았느냐?)

이러지도 못한다. 저러지도 못한다.

상황은 최악의 끝으로 흘러갔다.

어느새 용아병들이 가까워졌다.

계속 멈춰 있을 수만은 없었다.

누군가 결단력을 발휘할 차례였다.

이대로 몰살당하기 싫다면 말이다.

"……."

지금 이 순간.

그 결단의 몫은 레디오였다.

레디오 역시 그렇게 판단했다.

'남은 화염병이 세 병…….'

레디오가 침착하게 상황을 살폈다.

먼저 자신에게 남은 화염병은 세 개.

'그리고 칼 한 자루, 다친 곳은 없다.'

있어 봐야 쓸데없는 칼 한 자루.

다행스럽게 몸이라도 성했다.

이윽고 판단을 내린 레디오.

스르릉……!

그가 허리춤에서 검을 뽑았다.

칼이라도 쥐는 편이 나을 테니까.

"제가 유인을 해보겠습니다."

"유, 유인이라니요?"

"아빠……?"

이윽고 세워진 레디오의 결심.

그 결심에 베네사도, 더글라스도 놀랐다.

또한 말이 되지 않는 결심이기도 했다.

어찌 혼자 저 괴물들을 유인한단 말인가?

목숨을 내놓겠다는 소리나 마찬가지일 터.

"그것밖에는 방법이 없……."

"인탱글!"

레디오의 숭고한 희생이 시작되기 직전.

누군가의 목소리가 귓가에 울려 퍼졌다.

이안이 모두를 구하러 나타난 걸까?

아니, 이안의 목소리가 아니었다.

명백한 여인네의 목소리였다.

촤아악-!

동시에 저택의 정원 아래로부터 수십 갈래 덩굴이 튀어나와 용아병들을 휘감았다. 물론 이안의 덩굴과는 달랐다.

그 굵기나 수가 확연하게 협소했다. 오래 버티지는 못할 터.

"하아아아압!"

연이어 들려오는 남자의 기합소리.

검을 쥔 중년 기사가 담을 뛰어넘었다.

또한, 무서운 기세로 달려들기 시작했다.

그 목표는 덩굴에 휘감긴 용아병 무리.

조금의 망설임조차 보이지 않았다.

오히려 자신감이 넘쳐흘렀다.

스걱!

중년 기사의 검에 용아병 한 마리가 추풍낙엽처럼 무너졌다. 골반 뼈가 두 동강이 나버린 까닭이었다. 어디 그뿐일까? 또 다른 용아병들도 마찬가지였다.

중년 기사의 검은 절대 평범하지 않았다. 붉은 피와 푸른 마나로 일렁거리는 마나 블레이드, 바로 제2 황실 기사단의 단장이자 제국의 검공, '올리버 레이우드'의 '절기'였으니까.

"황태자 전하의 명에 따라."

용아병들을 순식간에 베어버린 올리버.

그가 중후한 저음의 목소리로 읊조렸다.

"이안 공의 가족분들을 모시겠습니다."

물론 황태자의 명을 받아온 것은 올리버뿐만이 아니었다. 인텡글 주문으로 용아병들의 발을 묶었던 여인, 그 마법사 또한 정원 쪽으로 달려왔다. 이런 급박한 상황 속에서도 눈길이 머무는 미녀였다.

"모두 이쪽으로 오세요! 어서요!"

제국의 새로운 4클래스의 고위 마법사.

공주, 하이리 그린리버였다.

✳

지금 그린리버 제국의 수도, 그린리버디움는 초유의 비상 사태에 빠져 버렸다.

그린리버디움이 어떤 도시던가? 역사상 단 한 번도 타국의 침공을 허락한 바가 없었던 난공불락의 요새였다. 한데 오늘 그 기록이 무참하게 박살 나고 말았다.

"모든 백성을 대피소로 인솔하라!"

어째서 그 기록이 깨졌단 말인가?

타국의 군대로 인하여? 아니다.

내부의 반란 때문에? 아니다.

"단 한 사람도 빼먹지 말라!"

일전에도 나타났던 뼈 괴물, 그 거대한 도마뱀 뼈 괴물이 이번에는 대군을 이루어 나타났다. 대체 어디서 나타난 건지 수만 마리가 순식간에 접근했다.

성문을 닫아도 소용없었다. 놈들은 성벽조차 어렵지 않게 기어 올라왔으니까. 아무리 돌을 던지고 화살을 쏴도 멈추지 않았다. 막아낼 방법이 없었다는 얘기였다.

"전하! 옥체를 보존하심이……!"

"아니, 아직은 아니다."

"하, 하오나……."

그 혼란스러운 사태의 중심에 얼간이 황태자, 하이든 그린리버가 있었다. 그는 직접 나서 백성들을 도시 곳곳에 만들어진 대피소로 인솔 중이었다.

그만 도망치는 것이 어떻겠냐는 말에도 아랑곳하지 않았다. 이토록 황태자가 솔선수범하니 다른 병사나 기사, 마법사들도 일신의 안위를 꾀하기 힘들었다. 결국, 모두가 한마음으로 백성들을 찾고 인솔하기에 이르렀다.

"내가 할 수 있는 일."

"예? 무, 무슨 말씀을……."

"이건 내가 할 수 있는 일이야."

아바마마처럼 현명하지 못하고.

라그나르처럼 똑똑하지도 못한.

이 나라의 '얼간이 황태자'로서.

"전하! 동부 대피소에 자리가 없다고 합니다!"

"서부 대피소도 마찬가지입니다! 만원입니다!"

좋지 못한 소식이 연이어 보고되었다. 상아탑의 강력한 주문으로 관리되는 동쪽과 서부의 대피소, 두 곳 전체가 만원이라는 보고였다.

아무리 거대한 대피소라곤 하나, 기존의 백성들은 물론 수도 내 모든 상인과 이방인, 심지어 뒷골목 거지들까지 수용하기에는 여러모로 부족함이 많았다.

"더는 방법이 없습니다! 속히 대피하셔야……!"

"으으……!"

황태자가 신음을 삼켰다.

이제 어찌하면 좋단 말인가?

아직도 수많은 백성이 남았다.

그 모두를 외면할 수도 없는 일.

황태자의 판단이 빠르게 세워졌다.

"아직, 아직 대피소는 남아 있다! 동부와 서부가 만원이라면 황족 대피소와 귀족 대피소로 백성들을 인솔하라! 아직 여유가 있을 것이다. 없을 리가 없지!"

황족들과 귀족들의 대피소.

황태자만이 내릴 수 있는 결정이었다.

"하, 하오나 반발이 심할 것이옵니다!"

"그분들의 대피소에 어찌 백성들을……!"

부하들의 우려는 사실이었다.

특히나 귀족들의 반발이 심할 거다.

제국은 엄연한 계급사회 아니던가?

하물며 거지에 이방인들까지 함께?

그럼에도 황태자의 결심은 확고했다.

"지금 이 판국에."

황태자가 으르렁거리며 소리쳤다.

일말 살기마저 느껴질 정도였다.

단언컨대 처음 보는 모습이었다.

"그딴 것이 뭐가 중요하단 말이냐?"

"하, 하오나 전하……!"

"반발하는 황족이나 귀족이 있거든."

허리춤으로부터 검을 뽑아 든 황태자.

황태자로서의 지위가 실린 검이었다.

"참하라."

"……!"

황태자의 검을 받잡은 부단장 폴.

잠시 머뭇거렸던 그가 예를 취하며 말했다.

"명을 받들겠나이다. 선하!"

부단장 폴이 병사들을 이끌고 나섰다. 백성들을 황실과 귀족의 대피소로 인솔하기 위함이었다.

하사받은 황태자의 검으로부터 진한 사명감이 전해졌다.

"전하!"

마침 올리버와 하이리 역시 황태자의 곁으로 복귀했다. 이안의 가족들, 베네사와 레디오, 더글라스와 페어리 퀸까지 함께였다. 저택의 하녀들도 뒤를 따랐다.

"이안 공의 식솔 분들을 모셔왔습니다."

"좋아, 하이리."

"말씀하셔요. 오라버니."

"지금부터 네가 책임지고 그분들의 안위를 지켜다오. 황족과 귀족의 대피소를 개방시켰으니 그곳으로 모시도록 해!"

황태자는 이안의 식솔들을 하이리에게 맡겼다.

그녀는 며칠 전부터 4클래스의 경지에 올랐다.

충분히 믿을 만한 전투 요원이 아니겠는가?

"단장, 계속 움직일 수 있겠어?"

하이리에게 명을 내린 황태자가 이번에는 단장 올리버를 바라봤다. 올리버의 양쪽 손은 이미 피투성이였다.

혈액 속 마나를 이용한 마나 블레이드를 과도하게 사용한 탓이었다.

"소장은 괜찮습니다."

"하지만 그 손……."

어쩔 도리가 없었다.

이 방법이 아니라면 놈들.

저 괴물들에게 흠집조차 낼 수 없었으니까.

"……무리하지 마. 단장."

"전하께 돌려드리고 싶은 말씀입니다."

"내 걱정은 할 필요 없고……."

"이십 년 전 생각이 나는군요."

"이십 년 전?"

"그 무렵엔 전하의 기저귀도 갈아드렸습니다."

"뭐……?"

"소장이 직접 말이지요."

"갑자기 무슨 소리를……."

"아주 가끔 있었던 일입니다만."

말문을 잃었던 황태자.

이내 피식 웃으며 화답했다.

농담의 뜻이 이해된 덕이었다.

"아무리 무서워도."

사실 황태자는 두려웠다.

이 도시 누구보다도 겁에 질렸다.

당장에라도 도망쳐 버리고 싶었다.

단지 참아내고 또 참아낼 뿐이었다.

올리버는 그것을 한눈에 꿰뚫어 봤다.

"오줌 지릴 나이는 지났지."

올리버가 던진 농담 덕분일까?

황태자의 심정이 진정되었다.

하지만 그것도 잠시.

"전하! 놈들의 수가 줄어들지를 않습니다!"

"지금도 계속해서 성벽을 넘어오고 있습니다!"

상황은 악화되기만 했다.

어떤 특단의 조치가 필요한 상황.

예를 들자면.

'이안.'

도시 전체가 단 하나의 존재.

상아탑의 주인, 7클래스의 대마법사.

이안 페이지, 그를 바랄 수밖에 없었다.

"저 괴물들은 느리다! 그대들의 빠른 발이 모두를 구할 수 있다! 도시 내 백성들을 모조리 찾아 대피소로 인솔하라! 백성들만 무사히 피신시킨다면 상아탑의 마법사들이 저 괴물들을 마음 놓고 박살 내버릴 터! 조금만 더 힘을 내라!"

황태자의 외침이 쩌렁쩌렁 울려 퍼졌다. 자신이 할 수 있는 일을 멈추지 않았다.

비록 흙먼지를 잔뜩 뒤집어썼으나, 그 백금색 머리칼은 어느 때보다 환하게 빛나고 있었다.

8장
8클래스 마법사의 복귀

황태자의 명을 받은 공주 하이리, 그녀가 명령에 따라 이안의 식솔들을 보호했다. 수십 명의 백성을 인솔 중인 부단장 폴도 함께였다. 그들의 목적지는 황궁 인근에 세워진 대피소, 오직 황족들과 귀족을 보호하고자 만들어진 대피소였다.

　"아이스 월!"

　공주 하이리의 목소리와 함께 얼음의 장벽이 사방으로 솟아났다. 그녀는 4클래스 마법사로서의 역량을 유감없이 발휘했다. 접근하는 용아병들을 여러 고위 마법으로 꾸준히 밀어냈다. 덕분에 인솔의 난이도가 수십 곱절은 수월해졌다.

　"이쪽으로! 거의 다 왔어요!"

그 광경에 제2 황실 기사단의 부단장 폴과 몇몇 부하들, 하다못해 백성들까지도 놀란 기색이 역력했다.

그럴 수밖에 없었다. 공주 하이리가 마법사였을 줄이야. 짐작이나 했겠는가? 심지어 마법의 수준으로 짐작하건대 상당한 수준까지 이룬 것 같았다.

"고, 공주마마께서 마법사셨어?"

"금시초문인데……."

"그런 분께서 왜 우리 같은 것들을……?"

백성들의 수군거림이 이어졌다.

그들에게는 모든 게 낯설었다.

갑작스러운 뼈 괴물의 침공도.

저 공주가 마법사란 사실도.

목숨 걸고 나서는 황태자도.

고귀한 자들의 숭고한 희생?

흔한 음유시인의 선술집 노랫말.

혹은 책에서나 접할 이야기 아니던가?

'놀랍군.'

이 상황이 여러모로 놀라운 것은 부단장 폴도 마찬가지였다. 휘하 기사들과 병사들도 그랬다. 대부분이 백성들과 비슷한 까닭이었으나, 부단장 폴의 눈과 생각은 조금 달랐다.

'이안 공과 무슨 일이 있는 것 같더니만.'

근자에 들어 황궁에는 그러한 소문이 돌았다. 상아탑주 이안 페이지와 공주 하이리 그린리버 간의 염문설에 관한 소문 말이다.

이안의 황궁 출입이 잦아졌고, 대부분 공주와의 만남을 위한 출입이었으니까. 한데 아무래도 잘못된 소문인 것 같았다.

'마법 때문이었나.'

두 남녀의 만남, 그 사이에 마법이란 단어를 끼워 넣자 확실해졌다. 동시에 명백해지기도 했다. 군이 표현하자면 '비밀 교습' 정도였을 터. 이제야 소문의 진상이 밝혀졌다.

'최소한으로 잡아도 3클래스 이상.'

부단장 폴은 직속 상관 올리버와 함께 '대 마법사 전투'를 연구했던 인재였다. 그만큼 마법사에 대한 지식이 남달랐고, 공주의 클래스를 대략적으로나마 짐작해 볼 수 있었다.

'숨겼던 건가.'

잠시 고민해 봤던 부단장 폴.

곧 고개를 절레절레 저어버렸다.

지금은 잡념에 빠질 때가 아니었다.

'이럴 때가 아니야. 집중하자.'

자신에게 부여된 임무는 오직 하나. 백성들을 무사히 대피시키는 것.

그가 허리에 찬 검을 바라봤다.

무려 황태자로부터 하사받은 검.

느껴지는 무게가 남달랐다.

"멈추세요!"

그때, 공주 하이리가 인솔대 전원을 멈춰 세웠다. 그녀는 이동하는 내내 디텍션 주문으로 괴물의 접근을 감지하고 있었는데, 아무래도 문제가 생긴 모양이었다.

"무슨 일이십니까?"

"저쪽, 한 마리가 접근하고 있어요."

공주가 텅 빈 거주지의 골목을 가리켰다. 과연 그곳으로부터 뼈 괴물 한 마리가 뚜벅뚜벅 걸어 나왔다. 황금빛 안광과 거대한 창날이 흉악하게 번뜩거렸다. 덩치도 다른 괴물들보다 큰 것 같았다. 그러나 한 마리에 불과할 뿐, 문제 될 건 없었다.

"한 마리뿐인지요?"

"제 마법으로는 그렇게 보여요."

"그렇다면…….'

부단장 폴이 자신의 애검을 뽑아 들었다. 그 또한 제2 황실 기사단의 부단장 아니겠는가? 충분한 재능을 겸비했다. 올리버에게 전수 받은 피의 마나 블레이드 역시 사용할 수 있었다. 괴물이 강하다고 한들, 한 마리 정도는 어렵지 않게 처리할 수 있으리라.

"제가 처리하도록 하겠습니다."

뼈 괴물에게 접근하는 부단장 폴.

가까워질수록 놈의 덩치가 느껴졌다.

확실히 다른 놈들보다 압도적이었다.

행동대장 격이라도 되는 걸까?

"하압!"

폴의 검 위로 붉은 피가 떨어졌다.

올리버에게 전수 받은 마나 블레이드.

그 기사단의 절기가 펼쳐지기 시작했다.

카앙—!

이상했다. 비록 올리버의 검보다는 미약하나, 폴의 검 역시 푸른빛 마나로 일렁거렸다. 괴물의 뼈를 갈라버리고도 남을 법한 예기였다. 한데 그럴 수가 없었다. 놈의 뼈는 다른 괴물들과 달랐다.

베어지기는커녕 흠집조차 남지 않았다.

"무, 무슨……!"

폴은 당혹스러웠다.

그럼에도 움직임을 멈추지 않았다.

재빨리 몸부터 틀며 자세를 고쳤다.

이어질 반격에 대비하기 위해서였다.

"읏……?!"

그러나 뼈 괴물은 폴을 공격하지 않았다. 대신 팔 한쪽을 아무렇게나 휘두르며 내팽개쳐버릴 뿐이었다. 그 팔짓에서 놈의 생각이 느껴졌다. 마치 귀찮은 파리를 내쫓는 느낌, 폴을 향한 뼈 괴물의 취급은 딱 그 정도였다.

"크윽!"

어렵사리 중심을 잡은 부단장 폴.

지금까지 상대했던 뼈 괴물과 달랐다.

덩치며, 힘이며, 뼈의 단단함까지.

모든 것이 압도적이기만 했다.

(목적…… 임무…….)

거대한 뼈 괴물이 중얼거렸다.

아주 느릿하고 작은 목소리였다.

앞장서 대치 중인 폴과 하이리.

그들에게만 겨우 들릴 수준이었다.

(페이지와…… 관련된…….)

페이지?

갑자기 페이지가 왜 나온단 말인가?

이안 페이지의 성씨를 뜻하는 걸까?

(모든 존재의…… 말살…….)

뼈 괴물의 말이 계속해서 이어졌다.

페이지와 관련된 모든 존재의 말살.

그것이 자신들의 목적이라 말했다.

또한.

(목표를…….)

놈이 거대한 창날을 앞으로 겨눴다.

그 끝에 지목된 존재는 여인이었다.

바로 이안 페이지의 어머니.

'베네사 페이지'였다.

(제거…… 하라…….)

마치 주변에 명령하듯 읊조린 뼈 괴물.

공주가 급히 디텍션 주문부터 펼쳤다.

괴물의 접근을 확인해 보기 위함이었다.

"아……?"

공주의 낯빛이 급격하게 시들어갔다.

방금만 해도 감지할 수 없었던 괴물들.

놈들의 사방으로부터 몰려들고 있었으니까.

"폴 경! 괴물들이 몰려오고 있어요!"

"예? 어디에서 몰려온단 말입니까?"

"곧 포위당할 거예요! 일단 도망쳐야……!"

그러나 공주의 판단은 틀렸다.

'곧' 포위당하는 것이 아니다.

'이미' 포위당하고 있었을 뿐.

(목적…….)

(제거…… 하라…….)

(우리들의…… 임무…….)

(페이지와 관련된…….)

(말살…….)

(모든 존재를…….)

사방에서 엄습해 오는 목소리.

그렇다. 놈들은 숨어 있었던 거다.

기척도, 마나의 기운도 모두 감췄다.

애당초 도망칠 길은 어디에도 없었다.

"매복……?"

부단장 폴이 현실을 직시했다.

뼈 괴물들의 매복에 당해 버렸다.

전투의 기본이라 불리는 매복.

하나 지금은 고려조차 하지 않았다.

상대는 그저 뼈 괴물에 불과했으니까.

바로 그 안일함이 패착으로 돌아왔다.

"제기랄……."

부단장 폴이 검을 움켜쥐었다.

하이리 또한 마나를 끌어모았다.

실로 최악의 상황에 빠져 버렸다.

이를 어찌 뚫고 나간단 말인가?

"파이로 블레스트!"

공주 하이리가 불꽃을 일으켰다.

생각보다 큼직한 불덩이였다.

힘으로 뚫고 나갈 수 있을까?

공주는 한 가닥 희망을 잡았고.

콰아앙!

곧 그 결과가 가감 없이 밝혀졌다.

처참한 결과였다. 괴물들은 멀쩡했다.

아무리 마법을 퍼부어도 마찬가지였다.

커다란 불꽃이든, 살을 에는 바람이든.

날카로운 얼음도, 격렬한 천둥 번개도.

하이리의 모든 마법이 무용지물이었다.

(트, 틀렸어…….)

그 광경을 지켜보던 페어리 퀸.

그녀가 베네사의 품에서 중얼거렸다.

(방패의 진…… 저건 방패의 진이야.)

"방패의 진이라니요?"

그 중얼거림에 베네사가 되물었다.

도움이 될 이야기라면 전해줘야 할 터.

하나 여왕의 대답은 절망적이기만 했다.

(저 뼈다귀 놈들이 방패의 진을 펼친 이상, 무슨 짓을 해도 뚫어낼 수 없을 거야. 적어도 저 인간 계집아이의 수준만 가지고는…….)

방패의 진.

'드래곤의 방패'라 불리는 용아병.

바로 그 스파르토이의 권능이었다.

(내가…… 내가 좀 더 힘을 비축해 뒀어야…….)

물론 페어리 퀸이 합류한다 해서 저 용아병들의 진열을 뚫어낸단 보장은 없었다. 한데도 그녀는 자책하기에 이르렀다.

권속으로서의 명령 때문일까? 아니, 그것과는 감정 자체가 달랐다.

"파이로 블레스트!"

공주는 쉬이 포기하지 않았다.

계속해서 불덩이를 불러냈다.

또한, 괴물에게 작렬시켰다.

콰아아앙-!

그 불덩이를 가볍게 막아낸 뼈 괴물 한 마리, 놈이 방패의 진열에서 이탈한 채 저벅저벅 걸어 나왔다. 아까 부단장 폴의 검을 막아냈던 바로 그놈이었다.

(목표…… 임무…….)

누구도 놈의 접근을 막을 수가 없었다.

심지어 물러날 곳도 존재하지 않았다.

백성들이 혼비백산에 빠지기 시작했다.

"으…… 으으으!"

"사, 살려줘……!"

"뭐라도 해보란 말이야!"

놈이 가까워지면 가까워질수록 백성들 또한 절망감에 물들었다. 그저 불특정 다수를 향해 소리치고 애원하기 바빴다. 그들은 죽고 싶지 않았다. 하이리와 폴도 마찬가지였다.

(페이지…….)

워낙 혼란스러운 탓에 누구도 눈치채지 못했지만, 뼈 괴물의 번뜩이는 황금빛 안광은 오직 베네사 페이지만을 노려보고 있었다.

(제거……)

바로 그 순간.

"누구를."

허공으로부터 들려오는 목소리.

비단 목소리뿐만이 아니었다.

쿠우웅ㅡ!

아주 커다란 백색의 존재.

용아병보다도 훨씬 거대한 존재.

항간에는 '화이트 드래곤'이라고 알려진 '용용이 1호'의 육중한 앞다리가 용아병의 머리통을 땅바닥으로 처박아 버렸다.

"제거하겠다고?"

분노가 넘실거리는 목소리.

그것은 하이리의 것도, 폴의 것도.

땅에 처박힌 용아병의 것도 아니었다.

화이트 드래곤의 것은 더더욱 아니었다.

"이, 이안……"

"이안 님……?"

"이안 공!"

용용이 1호의 등에서 내려온 이안.

그는 새로운 로브를 입고 있었다.

그뿐만 아니라 새로운 지팡이와 장갑.

왼쪽 귀로 작은 귀걸이까지 착용했다.

"잠시 그대로들 계십시오."

이안의 목소리가 한층 차분해졌다.

하나 두 눈만큼은 여전히 날카로웠다.

깔끔하게 정제된 분노의 표출이었다.

"용용아."

"크르르……?"

"사람들 지켜."

"크룽! 크룽!"

이안의 명령에 용용이 1호가 알아들었다는 듯 긴 목을 끄덕였다. 그러더니 사방으로 좁혀오는 용아병들에게 푸른색 불꽃을 활활 뿜어댔다. '드래곤 브레스'의 재현이었다.

콰과과과과과광ㅡ!

용용이 1호의 힘과 권능은 용아병들을 앞서나갔다. 오죽하면 완전무결의 진영이나 마찬가지인 방패의 진조차 흔들리기 시작했겠는가? 과연 용용이 1호라는 존재 자체가 곧 엄청난 수준의 아티팩트였다.

"좋아."

만족한 이안이 허공으로 떠올랐다.

이미 도시의 상황은 파악해뒀다.

완벽한 해결만을 남겨뒀을 뿐.

"배틀 필드, 다크 클라우드."

이안이 첫 번째 주문은 기상변화였다.

도시의 하늘이 순식간에 어두워졌다.

잔뜩 몰려든 먹구름의 위용이었다.

"씨어 디텍션."

두 번째 마법은 씨어 디텍션, 그린리버디움 전체에 회색빛 마나의 파동이 퍼져나갔다. 이안이 씨어 디텍션, 이른바 '선지자의 탐색'으로 하여금 도시 내 백성들과 용아병들을 구분하기 시작했다. 어째서일까? 답은 가까웠다.

"후우!"

깊은숨을 내쉰 이안.

세 번째부터가 '진짜배기'였다.

"앱솔루트 배리어."

마법을 아는 자라면 다소 맥이 빠질 법한 주문, 물론 그 자체로 강력한 방어막이긴 하나, 작금의 사태에 대한 해결책이라고는 여기기 힘들었다. 하지만 이안의 마법은 거기서 끝이 아니었다.

그 말미로 한 가지 술식을 더 추가시켰다.

"원 바이 원."

동시에 놀라운 일이 벌어졌다.

강력한 방어막인 앱솔루트 배리어.

그것이 모두에게 씌워지기 시작했다.

"이, 이게 뭐지?"

"마법…… 인가?"

"방어막……?"

씨어 디텍션 주문으로 분류시킨 도시 내 모든 백성. 그 수 많은 사람의 몸뚱이에 배리어가 씌워진 것이었다.

표현 그대로 원 바이 원, 한 명 한 명이 앱솔루트 배리어를 받았다. 무한의 마나를 손에 얻은 이안, 오직 그만이 펼칠 수 있는 마법 쇼였다.

"용용아."

"크릉?"

"이제 웅크려."

이안의 쇼는 거기서 끝이 아니었다.

모두에게 강력한 보호막을 걸어뒀다.

왜 굳이 그러한 수고를 했겠는가?

단순히 모두를 지켜주기 위하여?

물론 그러한 의향도 있었을 터.

하지만.

"흐으읍……!"

이안이 다시금 호흡을 참았다.

마나를 끌어모으기 시작했다.

무한의 마나가 펄펄 끓어올랐다.

"한 놈만 남겨두면 되겠지."

낮은 어조로 중얼거린 이안, 그는 이미 도시 내 모든 사람들을 구분해 뒀다. 이게 무엇을 뜻하겠는가?

용아병들의 위치 또한 확실하게 구분 중이라는 얘기였다. 평범한 디텍션 주문과는 차원이 달랐다. 감추고 숨는다 한들 피할 수가 없을 터.

"나머지는 전부."

이안에게는 수단이 있었다.

수만 마리의 용아병 껍데기들.

그 전체를 박살 내버릴 수단이.

"끝을 보자고."

이안의 선언과도 같은 말소리와 함께.

하늘을 잠식시켰던 먹구름이 요동쳤다.

천둥과 번개가 모여들기 시작했다.

먹구름 속으로 한가득 머금었다.

금방이라도 토해낼 기세였다.

쿠구구구구구······!

이윽고 모든 준비가 완료되었다.

도시 전체를 뒤덮은 뇌전의 기운.

그 모든 기운이 명령을 기다렸다.

술자, 이안의 명령 말이다.

"로드 프롬 갓."

로드 프롬 갓(Rod from god).

이른바 '신의 지팡이'.

그 주문이 제 모습을 드러냈다.

파직! 파지지직! 파지직—!

그것은 표현 그대로 '지팡이'였다. 뇌전의 기운이 하나로 모여 거대한 원기둥 형상을 이루었다.

마치 하늘 너머에 존재하는 신이, 자신의 지팡이 끝으로 인간 세상을 쿡 찔러보는 모양새였다. 그만큼 거대했으며, 또한 비현실적으로 느껴졌다.

'용아병의 숫자, 그리고 각각의 위치.'

이안의 두뇌 회전에 본격적인 가속도가 붙었다. 마나의 무한한 공급이 두뇌를 최대한으로 활성화 시킨 결과였다. 단순히 빠르다고 표현하기가 무색했다. 인간의 한계를 초월해 버린 연산능력, 그리고 기억능력이었다.

'오차범위는 없다.'

모든 계산은 끝났다.

이안이 두 손을 들어 올렸다.

"분열하라."

이안 스스로에게만 들릴 법한 목소리.

그럼에도 신의 지팡이가 반응을 보였다.

하나의 원기둥을 이루었던 뇌전의 기운.

그 거대한 지팡이가 분열하기 시작했다.

수 갈래, 수십 갈래, 수백 갈래, 수천 갈래.

종국에는 수만 갈래의 번개에 이르기까지.

"한 놈에 한 발씩."

그렇다. 이안은 도시 안팎 용아병들의 머릿수에 맞춰 신의 지팡이를 수만 갈래로 분열시켰다. 방금 읊조린 그대로 한 놈의 머리통에 한 발씩 꽂아놓을 수 있도록 말이다.

"가자."

명령은 간단했다. 하나 그 결과는 결코 간단하지 못했다.

수만 갈래로 분열된 번개, 그것들은 곧 수만 갈래의 '낙뢰'가 되어 동시다발적으로 떨어졌다. 겉보기론 도시 전체에 종말이라도 내리는 듯 파멸적인 광경이었으나, 실상은 저마다의 목표가 명확했다.

콰광! 쾅! 콰과광! 콰쾅!

낙뢰의 정확도는 가히 완벽에 가까웠다.

지금 이 순간에도 성벽을 기어오르던.

도시 내 백성들을 포위하고 위협하던.

굳게 닫힌 대피소 앞을 어슬렁거리던.

상아탑의 마법사들과 대치 중이었던.

거리를 제집처럼 활보하고 다녔던.

수많은 병사에게 견제를 당하던.

그 모든 용아병의 두개골을 노렸고.

(크어어어어어-!)

또한, 소름 끼치도록 정확했다.

단 한 발의 빗나감조차 없었다.

수만 마리 용아병들의 단말마, 그 괴성이 한순간 울려 펴졌다.

물론 오래 지속 되지는 않았다.

"······"

그야말로 어마어마한 마법이었다. 생을 통틀어 가장 광범위하면서도 극한의 집중을 요 했던, 심지어 번개 하나하나가 어지간한 단일 주문의 파괴력을 뛰어넘지 않았던가? 그럼에도 숨이 차기는커녕, 일 말 현기증이나 비틀거림조차 없었다.

"심하네."

이안이 제 손을 바라보며 중얼거렸다.

그 시선은 점점 다른 곳으로 번졌다.

장인에게 받아온 새로운 아티팩트들.

먼저 목수 제르비오에게 받은 지팡이.

'주문의 효과를 보정해 준다더니.'

그 지팡이의 효과는 실로 막강했다.

애초에 수만 갈래로 분열된 번개다.

위력 또한 수만으로 갈라졌단 뜻이다.

그런데도 엄청난 파괴력을 선보였다.

'이건 보정이 아니라 진화 수준이군.'

혀를 내두른 이안의 시선이 지팡이로부터 벗어났다.

대신 양손을 보호 중인 장갑으로 향했다. 베르톨도에게 맡겼던 마법의 비단, 그 푸른색 비단으로 만들어진 따끈따끈한 신제품이었다. 심지어 아공간 주머니 속에 한 쌍이 더 있었다.

'당장은 도움받은 게 없지만.'

장갑의 힘은 마법과 전투에 직접적인 영향을 주진 않았다. 그런데도 특별한 능력을 지니고 있었다. 이 장갑을 착용한 이상 이안은 추운 곳에 가도 떨지 않으며, 더운 곳에 가도 더위를 느끼지 않는다. 심지어 어지간한 불에는 화상을 입지 않는 데다가, 그 반대의 경우 역시 마찬가지라고 한다.

확인된 바는 없으나, 베르톨도의 설명이 그랬다.

'조만간 유용하게 써먹을 때가 올 거야.'

다음은 역시나 푸른색 로브였다.

몇 번을 강조해도 부족함이 없었다.

무려 무한대의 마나가 아니겠는가?

이안이 방금까지 펼쳤던 최고위 마법들.

그 마법 쇼에 혁혁한 공을 세운 아티팩트.

그것이 바로 '이안 페이지의 로브'였다.

'이 로브가 없었다면…….'

도시 하늘에 먹구름을 잔뜩 깔아둔다.

도시 내 백성과 용아병들을 구분한다.

구분된 사람들에게 보호막을 씌운다.

구분된 적들에게는 번개를 떨군다.

일련의 과정에 한 톨 오차도 없다.

이 마법 쇼에 로브가 없었다면?

'보호막 씌우다가 기절했겠지.'

이는 결코 농담이 아니었다.

전생의 이안 역시 마찬가지였다.

견뎌낼 만한 수준이 아니었으니까.

'그래도 역시…….'

이안이 왼손을 들어 귓불을 툭 쳤다.

그곳에 걸린 생소한 귀걸이 한 짝.

'이거야말로 물건이다.'

보랏빛 보석으로 만들어진 피어스 형태의 귀걸이, 그 보석 세공사 데니스의 결작이야말로 엄청난 물건이었다. 이안조차 스스로 해결할 수 없었던 문제를 단숨에 해결시켜준 은인이나 마찬가지였다. 도대체 어떤 능력을 가졌느냐?

말로 표현하자면 간단했다.

'육신의 전성기.'

무려 육신의 전성기를 유지시켜 준다. 겉으로 드러나는 피부부터 근육, 뼈, 두뇌, 장기 등 세월이 흐를수록 나약해져 가는 몸뚱이가 항시 전성기의 상태를 유지한단 얘기다. 적어도 귀걸이를 착용한 그 시간만큼은 말이다.

'설마 마나 하트도 포함될 줄이야.'

덕분에 아직 덜 자랐던 마나 하트, 그조차도 귀걸이의 힘으로 전성기를 맞이했다. 이제 이안의 심장 속 자그마한 핵, 마나 하트는 다 자란 성년의 것과 마찬가지였다. 인즉.

'8클래스 마법사.'

완벽하게 돌아온 것이다.

전생의 자신이 이룩했던 경지.

8클래스 마법사, 이안 페이지로.

명백한 '8클래스 마법사의 복귀'였다.

"후우……."

천천히 땅 아래로 내려온 이안.

그가 곧장 어머니에게 향했다.

레디오와 더글라스의 상태도 살폈다.

"다치신 곳은 없으세요?"

"멀쩡하단다."

베네사가 간단하게 몸을 움직여 보였다.

품에 숨긴 페어리 퀸이 드러날까 조심스러웠다.

두 모자는 주변을 의식해 페어리 퀸을 고양이로서의 이름,

에스펠로 불렀다.

"이게 다 공주마마와 올리버 경, 황태자 전하. 그리고……
에스펠 덕분이야. 에스펠이 아니었다면 아마…… 지금쯤 저
승에 있었을지도 모르겠구나."

이는 사실이었다. 이안의 저택에 몰려들었던 수십 마리의
용아병 껍데기, 놈들을 혈혈단신으로 물리친 당사자가 바로
페어리 퀸이었으니까.

"에스펠은……."

(나는 괜찮다. 인간.)

이안의 머릿속으로 목소리가 들려왔다. 페어리 퀸의 목소
리였다.

평소와 같은 카랑카랑함이 전혀 느껴지지 않았다. 넘쳐흘
렀던 기력도 바닥을 보인 듯 매가리가 없었다.

(묻고 싶은 것이 많겠지. 하지만 나도 해줄 말은 없느니
라. 어째서 스파르토이가 저렇게 된 건지, 이게 다 어떻게 된
사단인 건지 나도 알 수가…… 콜록!)

여왕은 대화를 나눌 상태가 아니었다.

아는 바도 없는 것 같았다.

역시 방법은 하나뿐.

'당사자에게 직접 물어봐야겠군.'

이안은 도시를 침공했던 수만 마리의 용아병 껍데기 중 한
마리만 살려뒀다. 여전히 도시 바깥에서 꼼짝하지 않는 용아

병의 본체, 스파르토이가 그 대상이었다.

"수고가 많으셨습니다."

결정을 내린 이안.

그가 먼저 공주에게 말했다.

뒷수습을 맡기기 위함이었다.

"스승님……!"

공주의 눈가에 눈물이 글썽거렸다. 비록 내색하지는 않았으나, 조금 전 괴물들에게 포위당했던 상황은 그야말로 절망의 끝자락이나 마찬가지였다.

이대로 죽임을 당하는 건가 싶었을 터, 임기응변으로 꾹참아냈을 뿐, 그 찰나가 지옥과도 같았으리라.

"도시를 침범했던 괴물들은 한 마리도 남김없이 처리했습니다. 더 이상 사람들을 대피시킬 필요는 없을 겁니다. 이 사실을 도시 전체에 알리시고, 속히 수습에 나서십시오."

"스승님께서는……?"

"저는 저 나름대로 이 사태의 원인을 찾아보도록 하겠습니다. 짚이는 부분이 몇 가지가 있어서 말이죠."

제자에게 한마디 따뜻한 말이라도 건넬 법하건만, 이안은 계속해서 사무적인 말만 늘어놓았다. 공주도 크게 기대하진 않았는지 고개만 끄덕였다. 이안의 말대로 수습이 시급했으니까.

"아."

그러던 이안이 무언가 생각난 듯 말문을 덧붙였다.

"혹시 누군가 공주마마의 마법을 문제 삼는다면, 그 문제는 모든 상황이 수습된 이후 처리하기로 했음을 상아탑주로서 명하겠습니다."

그리 말하며 보패를 건넨 이안.

상아탑주를 상징하는 보패였다.

"그걸 보이면 얘기가 빠를 겁니다."

"……알겠어요."

공주의 안색이 어두워졌다.

마법사임을 숨겨야 한다는 것.

이제야 떠오른 모양이었다.

'……어쩔 수 없었잖아.'

그럼에도 공주는 후회하지 않았다. 갑작스러운 사태가 벌어졌고, 자신은 4클래스 마법사로서 그 사태를 막아내고자 했을 뿐이었다.

덕분에 백성들을 구했으며, 이안의 가족들도 지켜냈다. 이를 어찌 일신의 안위 따위와 비교한단 말인가?

'이제 내 주변만 지켜낸다면…….'

다만 자신이 마법사임을 숨겨줬던 주변 사람들의 안위가 걱정되었다. 무슨 수를 써서라도 그들을 지켜낼 수단이 필요했다. 마침 그녀는 4클래스의 경지를 달성한 마법사, 어떻게든 모두를 지켜낼 방법이 있을 것 같았다.

"백성들을 지키고자 내리신 결단임을 압니다."

그때 이안의 목소리가 들려왔다.

여전히 사무적인 말투와 행동.

하나 내용만큼은 달랐다.

"충분히 참작하도록 하겠습니다."

"아……."

현재의 상황을 충분히 참작해 주겠다.

공주로서는 단비와도 같은 한마디였다.

"그럼."

신하의 예를 갖춰 보였던 이안.

그가 텔레포트 주문을 발동시켰다.

목적지는 그린리버디움의 바깥.

스파르토이가 위치한 자리였다.

모든 용아병 부대를 지휘했던 스파르토이, 그가 홀로 남은 채 우두커니 서 있었다. 수만 마리 부하들이 한순간에 박살 나버렸다.

한데도 도망치거나 후속 조치를 하기는커녕 하늘만 멀뚱 멀뚱 바라봤다. 마치 누군가의 명령을 기다리기라도 하는 것 같았다.

"스파르토이."

그 앞으로 새하얀 빛줄기가 떨어졌다.

빛은 곧 완연한 인간의 형상을 이루었다.

푸른 로브의 마법사, 이안 페이지였다.

"얘기 좀 나눠볼까?"

그 물음에도 용아병의 본체.

스파르토이는 반응하지 않았다.

(프란…… 페이지의…… 핏줄…….)

대신 느릿한 어조로 중얼거릴 뿐이었다.

빈 껍데기들과 다를 바가 하나도 없었다.

(제거…… 해야 할…… 존재…….)

스파르토이의 말이 계속됨과 동시에.

달그락!

바닥에 널린 뼛조각이 스스로 달그락거렸다. 뿐만 아니라 허공으로 떠오르기 시작했다. 마법일까? 아니, 딱히 마나의 기운은 느껴지지 않았다.

(그분들의…… 뜻에…… 따라…….)

비단 근처의 뼛조각만이 아니었다.

도시에 나뒹구는 수만 용아병들의 잔해.

그 뼛조각 전체가 스파르토이의 머리 위로.

아까부터 올려다봤던 하늘에 몰려들었다.

(어린…… 싹부터…… 자르리라……!)

9장
진실, 혹은 거짓

뼛조각은 곧 일정한 형상을 이루었다.

스파르토이조차 산산이 부서지며 형상의 빚어짐에 일조했다. 그 결과 네 개의 다리를 가진 몸뚱이가, 뿔이 돋아난 파충류의 두개골이, 흉악한 날개와 꼬리까지 빚어졌다. 이는 명백한 '드래곤'의 형상이었다.

뼛조각으로 이루어졌음에도 특유의 위용과 위압감은 그대로였다.

'본 드래곤……?'

본 드래곤.

뼈로 이루어진 용.

굳이 이름을 부르자면 그러했다.

그 이름이 무엇보다도 어울렸다.

(페이지의 어린 싹이여.)

본 드래곤의 형상을 이루어낸 존재.

놈은 더 이상 느릿하게 말하지 않았다.

스파르토이의 자아가 아닌 것 같았다.

(그대들은 아직도, 우리 일족의 육신을 탐내는가?)

본 드래곤은 단순한 형상이 아니었다.

독자적인 자아와 기억을 가진 듯 보였다.

"……뭐라고?"

이안이 침착하게 되물었다. 하지만 그 속으로는 수만 가지 생각들이 떠올랐다. 먼저 놈의 압도적인 힘과 살기가 피부로 느껴졌다. 장인들의 아티팩트를 착용한 지금조차 장담할 수 없는 수준이었다.

게다가 더욱 중요한 것은…….

'여기서 싸움을 시작할 순 없다.'

저 무지막지한 존재와 자신이 격돌한다면? 아마 이 근처는 풍비박산이 나버릴 거다. 수도 그린리버디움부터 일대의 영지에 돌이킬 수 없는 상처를 남길 터.

'일단 이 근처부터 벗어나야 해.'

문제는 그것이었다.

대체 어디로 벗어난단 말인가?

모든 곳에 백성들의 터전이 있다.

대륙 어디를 가든 사람들이 산다.

버려진 땅이라고 해봐야 협소할 뿐.

'놈을 어떻게, 어디로 유인해야 하지?'

이안의 고민이 깊어질 무렵.

본 드래곤의 목소리가 들려왔다.

놈도 당장 공격할 기세는 아닌 것 같았다.

(그 조악한 몸뚱이가 아직도 불만족스러운가?)

놈의 어조는 어떠한 확신으로 가득했다.

'육신을 탐낸다?'

놈의 그 확신을 정리하자면 이랬다.

프란 페이지가 '용의 육신'을 탐낸다.

분명 비슷한 얘기를 장인들에게 들었다.

다만 그들은 '순수한 동경'이라 했을 뿐.

약간의 차이가 존재했다.

'종이 한 장 차이긴 한데.'

무언가 퍼즐이 맞춰져 가는 느낌이었다.

조금 더 대화를 나눠볼 필요가 느껴졌다.

"무슨 말을 하는지 모르겠군."

이안이 침착하게 입을 열었다. 그는 보통 상대가 수천 년을 살아온 존재라면 그에 걸맞은 대우를 해주곤 했다.

하나 지금은 상황이 상황이니만큼 그리 하기가 힘들었다.

"난 당신들의 육신을 탐낸 적이 없어. 아무래도 내 아버지와 생긴 문제를 말하는 것 같은데, 그 프란 페이지라는 존재.
최초의 마법사라고 불리는 인간과 나는 일면식조차 없다."

이안은 진실을 말했다. 환술 속에서 본 적은 있으나, 그것
이 제대로 된 일면식은 아니었으니까. 아버지와 아들로서 만
난 적은 단 한 번도 없었다.

(허튼소리.)

하지만 본 드래곤의 반응은 냉랭했다.

그는 이안의 말을 믿지 않는 것 같았다.

(그런 자가 언어의 힘을 탐닉하고 주어진 시간까지 거슬렀
는가? 일족의 권속들을 찾아내 복종시켰는가? 그뿐만이 아
니지. 그대는 기억의 보고에 들어가 일족의 기억을 엿보았
다. 프란 페이지가 남긴 유산마저 찾아냈다. 지금 몸뚱이에
걸친 그 조잡한 쓰레기들, 그것들이야말로 프란 페이지의 유
산이 아닌가?)

드래곤의 안광이 이안을 위아래로 훑었다.

아티팩트 로브와 지팡이, 장갑과 귀걸이.

아마 프란의 유산이란 이것들을 뜻하리라.

'이놈도 그 황금용과 똑같다.'

심지어 이안의 일거수일투족을 꿰고 있었다. 라그나르를
처리할 때 나타났던 골드 드래곤과 비슷했다. 아니, 똑같
았다.

'내 정보를 돌려보기라도 하는 거야 뭐야?'

어째 나타나는 드래곤마다 이안을 안다. 천 년 전 기억에 갇힌 드래곤 로드, 리시스 라덴쥬의 정신체만 제외한다면 말이다. 모르긴 몰라도 놈들 사이에서는 꽤 인기가 있는 모양인가보다.

'혹은 경계의 대상이거나.'

아무래도 그쪽이 더 유력하겠지.

문제가 있다면 서로 다르다는 거다.

골드 드래곤과 저 본 드래곤의 목적이.

'그 황금용은 나에게 경고를 하고자 왔었어. 시간을 되돌린 부작용, 시간의 수호를 운운했지. 나를 제거하기보단 보호하려는 느낌이 강했다. 하지만 이놈은……'

그랬던 골드 드래곤에 비해, 본 드래곤은 명백한 살기가 느껴졌다.

용아병 부대로 페이지의 성씨를 가진 모두를 제거하고자 했으며, 그에 실패하자 직접 강림하기까지 했다.

'똑같이 나를 주목하고 있지만, 대응은 다르다.'

세상 어딘가에 생존해있을 드래곤.

놈들 사이에서도 의견이 다른 걸까?

생각하면 생각할수록 아리송했다.

"……그러니까."

고민을 멈춘 이안이 입을 열었다.

조금 더 대화해 볼 필요가 느껴졌다.

"내가 했던 선택들이 전부 드래곤의 육신을 갖기 위한 준비였다. 당신들의 눈에는 그런 식으로 비친단 건가?"

(틀렸는가?)

"틀렸지."

이안이 고개를 저었다.

어이가 다 없을 지경이었다.

오해도 이런 오해가 없으리라.

오죽하면 억울함까지 느껴질까?

"아주 제멋대로구만."

문제는 이 결백함을 어찌 알리냐는 거다.

아니, 결백함을 알린다 하여 변하는 것이 있냐는 것이다. 지금의 상황으로 미루어보건대, 저 본 드래곤이란 존재는 상당히 극단적인 놈이다. 차분한 대화가 불가능에 가까울 것 같았다.

"먼저 묻겠는데, 그쪽이 허락한다면 모든 것을 하나하나 설명해 줄 수도 있어. 내가 지금까지 해왔던 선택들과 프란 페이지, 그리고 드래곤의 육신과 관련된 문제는 아무런 관계도 없다는 사실을 말이지. 혹시 들어볼 의향이 있나?"

이안의 침착한 물음.

본 드래곤의 대답이 돌아왔다.

(그 위선자와 똑같군. 세 치 혀를 잘도 놀렸지. 언제고 스승이자 아군인 척 기만했지만, 뒤로는 육신을 빼앗고자 추악

하고 더러운 연구를 멈추지 않았다.)

참으로 구구절절한 이야기.

하나 그 뜻은 간단했다.

(페이지의 어린 싹이여. 그대의 입에서 그자와 똑같은 위선의 냄새가, 비틀린 욕망의 악취가 진동하는구나. 그 추악한 싹이 더 자라나기 전에, 도려내도록 하겠노라.)

이야기를 나눠볼 생각이 전혀 없다.

이안이 건넨 협상은 결렬이었다.

(이것이 나의 대답이며, 찾아온 까닭이다.)

"흐음."

이안이 고개를 끄덕였다.

역시나 말귀는 통하지 않았다.

물론 진즉에 알아채고 있었다.

"그럴 줄 알았어."

하여 미리 준비를 해뒀다.

구구절절한 얘기가 도움이 됐다.

그만큼 시간도 넉넉했으니 말이다.

"일단 장소부터 옮기자."

(싹을 잘라내는데 장소 따위는…….)

"부탁하는 거 아니야."

한쪽 발을 쿵 내리찍은 이안, 그러자 푸른빛 술식이 사방으로 널따랗게 새겨졌다. 그 술식은 곧 원형의 홀을 형성시키기 시작했는데, 이는 8클래스의 주문 '워프 게이트'였다. 저 거대한 본 드래곤조차 통과할 수 있는 포탈이 땅 위로 생성된 거다.

"따라와."

이안은 여유를 주지 않았다.

곧장 포탈 속으로 몸을 던졌다.

그 포탈의 건너편은 '두드리는 섬.'

죽지 못해 사는 장인들의 터전이었다.

"후, 후손님……?"

장인들 또한 허공에 나디난 포탈을 주시하고 있었다. 그곳으로부터 이안의 모습이 드러나자 조금은 안심할 수 있었으나.

"으응……?"

"뭐, 뭐야 저건?"

연이어 나타난 본 드래곤의 두개골을 보고는 일동 경악할 수밖에 없었다. 어디 두개골뿐일까? 거대한 몸뚱이와 날개, 꼬리 끝까지 차례차례 포탈 밖으로 빠져나왔다. 나름대로 커다란 몸집을 자랑하는 용용이조차 비교가 불허할 정도의 덩치였다.

"떠오르는 곳이 여기밖에 없어서."

"그, 그게 무슨 말씀이신지……."

"미안하게 됐습니다."

이안이 두드리는 섬을 전투의 장소로 선택한 이유, 간단했다. 먼저 두드리는 섬은 머나먼 바다 한복판이다.

대규모의 마법이 펼쳐져도 인명이나 재산피해가 일어나지 않는다. 심지어 이곳의 주민이나 마찬가지인 장인들은 죽고 싶어도 죽을 수가 없는 존재다. 오히려 죽임을 당한다면 만족할 사람들 아니겠는가?

'당장 올 수 있는 최적의 장소.'

포탈 역시 가본 곳만 연결이 가능했다.

두드리는 섬을 선택한 결정적인 이유였다.

(크크큭…….)

그때 나지막한 웃음이 들려왔다.

본 드래곤이 흘린 웃음소리였다.

가소롭다는 듯 크크거리기에 이르렀다.

(이 땅, 기억이 나는군.)

섬의 허공으로 날아오른 본 드래곤.

놈은 두드리는 섬을 아는 듯 중얼거렸다.

(그 위선자가 만든 둥지인가?)

"둥지?"

(그자는 우리의 육신을 취하는 것으로 만족하지 않았다. 진정한 용의 일족으로서 인정받길 원했지. 우리처럼 둥지를 짓고, 독자적인 일족을 번성시키고자 했다.)

잠시 말문을 멈췄던 본 드래곤.

곧이어 충격적인 한마디가 이어졌다.

(황금용 일족.)

"……뭐?"

(그 위선자가 스스로에게 부여했던 이름이다.)

이안의 머리가 일순간 혼란스러워졌다. 너무 갑작스러운 얘기였다. 프란 페이지, 최초의 마법사, 어쩌면 자신의 아버지일지도 모르는 존재. 그 존재가 심지어 황금용이기도 했다고?

'도대체가…….'

생각하면 생각할수록 혼란만 늘어났다.

빠져나갈 수 없는 늪처럼 느껴졌다.

도대체 어디서부터 잘못된 걸까?

도대체 어디서부터 관여된 걸까?

일말 갈피조차 잡히지 않았다.

(페이지의 어린 싹이여. 나는 그대의 말을 믿지 못하는 게 아니다. 우리의 육신을 탐낸 적이 없다는 말도, 프란 페이지와 아무런 관계가 없다는 말도 모두 믿어줄 수 있다. 다만, 그것은 그대의 생각에 불과할 뿐.)

잠시 말문을 멈췄던 본 드래곤.

그가 계속해서 말문을 이어갔다.

(돌이켜 보라. 그리고 대답해 보아라. 지금껏 걸어온 모든

행보가 스스로의 의지였음을 확신할 수 있는가? 다른 누군가의 의도대로 놀아난 것이 아님을 증명할 수 있겠는가?)

이안이 조금 전부터 떠올렸던 생각, 프란 페이지가 황금용이었다는 언급을 듣고부터 품기 시작했던 의문. 본 드래곤의 질문은 바로 그 의중을 정확하게 찔러 들어왔다.

(아마 확신할 수 없겠지.)

"……."

(증명할 수도 없을 터.)

"……."

(그것이 내가, 싹을 자르려는 까닭이다.)

할 말을 모두 끝마친 본 드래곤.

그가 하늘 높은 곳으로 날아올랐다.

또한 입안 가득 머금기 시작했다.

파멸적으로 불타오르는 마나의 기운.

진짜배기 '드래곤 브레스'를 말이다.

(고통 없이 끝내주도록 하마.)

고통 없이 끝내주겠다.

드래곤의 말은 결코 허언이 아니었다.

놈이 머금은 검붉은색의 드래곤 브레스.

그 기운에 담긴 파괴력은 실로 어마어마했다.

마주하는 것만으로도 살이 찢겨나갈 기세였다.

이 커다란 섬쯤이야 먼지로 만들어 버릴 기세였다.

(다음 생에는 부디, 헛된 싹으로 틔워지지 말도록.)

본 드래곤의 진심 어린 한마디와 함께.

검붉은 브레스가 섬 전체를 집어삼켰다.

지이이이이이잉-!

드래곤 브레스의 폭발음은 특별했다.

결코, 기존의 상식과 동류가 아니었다.

그보다 한 단계 높은 차원의 폭발음.

'폭발음'보단 '소멸음'에 가까웠다.

쿠구구구구구······!

폭발의 후속타는 강렬한 진동이었다. 쩌렁쩌렁 울려대는 진동이 동서남북으로 뻗어 나갔다. 솟구치는 먼지와 물보라가 하늘을 가렸다. 더는 이 세상에 두드리는 섬이란 존재가 사라져 버렸을 기세였다. 하지만.

(······제법이군.)

본 드래곤은 알고 있었다. 자신의 브레스가 임무에 실패했다는 사실, 그 제거의 대상이었던 새싹이 아직 멀쩡하게 살아 있다는 사실을 말이다. 실로 의외의 결과였다.

(어린 싹일지언정, 그 위선자의 씨라는 건가?)

진심으로 감탄한 듯 중얼거린 본 드래곤. 놈이 떠 있는 하늘 아래로 진동이 잦아들었다. 뿌연 먼지도 조금씩 걷어졌다. 그곳에는 과연 절경이라 부를만한 경치가 펼쳐져 있었다.

"……."

이안은 죽지 않았다.

섬 또한 소멸 되지 않았다.

대신 차갑게 얼어붙어 있었다.

사방에 출렁거리는 바닷물, 바로 그 바닷물을 이용한 '얼음의 방패'였다. 그 짧은 찰나, 섬 전체를 보호할 정도로 거대한 얼음의 방패가 펼쳐진 것이었다. 평소였다면 꿈도 꾸지 못할 규모였지만, 지금은 달랐다.

쩍! 쩌저적! 쩌적!

물론 오래 유지 시키란 불가능했다. 얼음 방패의 표면에 균열이 일어나기 시작했고, 종국에는 와르르 무너져 버렸으니 말이다. 마나 공급의 유무 탓은 아니었다. 이는 순수한 내구성의 문제였다. 감당할 수 있는 한계를 아득히 넘어섰다.

"그건 내가 하고 싶은 말이야."

조용히 읊조린 이안. 그가 허공으로 떠올라 본 드래곤의 눈높이를 맞췄다. 더 이상 내려다볼 수 없도록 약간의 우위까지 점했다.

"뼈밖에 없는 주제에, 드래곤은 드래곤인 모양이지?"

(……고통 없이 끝내주고자 했거늘.)

본 드래곤의 어조로부터 노기가 느껴졌다.

이안이 필요 이상으로 건방진 탓이었다.

적어도 본 드래곤의 입장에서는 그랬다.

"내가 줄곧 생각을 해봤는데."

이안은 그리 중얼대며 무한대의 마나를 끌어모았다. 명백한 전투태세에 돌입했다. 상대는 드래곤이다. 뼈로 이루어진 '현신'일지언정 최소한의 권능을 부리지 않던가? 그럼에도 거침이 없었다. 물러서지도 않았다. 당당하기까지 했다.

"이번에는 진짜 모르겠다."

이안이 관자놀이를 꾹꾹 누르며 말했다.

그 행동으로부터 일 말 여유가 느껴졌다.

"내 의지였음을 확신할 수 있냐고? 인정해. 그 확신이란 걸 못하겠어. 놀아난 것이 아님을 증명할 수 있냐고? 그것도 마찬가지야. 쉬운 일이 아니네."

이안은 솔직한 심정을 내비쳤다.

정말이었다. 대답하기가 어려웠다.

끝없는 혼란 속으로 빠져들었으니까.

지금 이 순간조차 마찬가지였으니까.

"내가 멍청한 편은 아니라고 자부하거든. 근데 이번만큼은 진심으로 모르겠다. 며칠 더 고민할 시간이 필요할 것 같은데……."

한데도 이안은 대수롭지 않게 넘어갔다.

극복한 것은 아니었다.

단지 미루었을 뿐.

"결론부터 말하자면."

이안이 발아래 펼쳐진 바닷물을 바라보며 읊조렸다.

"당장은 확신할 수 있는 사실만 믿기로 했어."

(우습군. 대체 무엇을 확신한다는 거지?)

"일단 오늘은."

이안이 가볍게 손짓했다.

그러자 바닷물이 출렁거렸다.

"내가 죽을 날이 아니라는 것."

단순한 출렁거림이 아니었다.

설익은 냉기가 표면에 드러났다.

"그리고, 이건 나로서도 흔치 않은 기회인데."

혹시 아는가? 이안은 오래전부터 냉기 마법을 즐겨 사용한다. 또한, 5클래스 이후부터는 자체적으로 창조해 낸 주문이 많다.

전생과 이번 생을 통틀어 독자적으로 창조시킨 주문 중 7할가량이 냉기와 관련된 마법이란 소리다. 이는 곧…….

"이런 환경에서는, 내가 조금 더."

이런 환경.

바다의 한복판.

이안의 취향이자 특기를 충분히 발휘할 수 있는, 나아가 절정으로 극대화시켜 줄 수 있는 천연의 배틀필드나 마찬가지였다.

"세져."

작고 나지막한 한마디, 그와 동시에 출렁거리던 바닷물이 허공으로 용솟음쳤다.

그 즉시 얼어붙기도 했다. 고작 몇 초 만에 커다란 얼음기둥 수천 갈래가 탄생해 버린 거다.

쿠웅! 쿵! 쿠우웅!

그 수많은 얼음기둥이 하늘 높이 솟아오르며 본 드래곤을 덮쳤다. 말이 수천 갈래지, 사실상 무한대나 다를 바 없었다. 지금 이 순간에도 계속해서 뻗어 나오고 있었으니까. 바닷물이 씨가 마르지 않는 이상, 무한대의 마나를 기반으로 둔 무한대의 공격이 가능했다. 그뿐만이 아니었다.

"아이스 붐."

일전에 용아병을 상대하면서도 사용했던 주문.

일명 '얼음 폭탄'이 요란하게 펼쳐졌다.

심지어 그때와는 수준 차이가 엄청났다.

다른 마법이라 해도 믿을 지경이었다.

"클레반 님!"

이안은 얼음의 기둥과 폭발로 본 드래곤을 괴롭히는 동시에, 두드리는 섬으로부터 클레반을 찾았다. 클레반 역시 부름의 이유를 알아챘다. 척하면 척 아니겠는가?

"2호! 3호! 5호! 7호!"

"크르르릉!"

"크릉!"

"키르르……."

"크으으응?"

죽을 수 없다는 속성 때문일까? 클레반은 이 절체절명의 순간에도 마냥 즐거워 보였다. 아니, 확실히 즐거웠다.

"전군 앞으로! 후손님을 돕는다!"

이안은 본 드래곤과 정정당당한 대결을 펼칠 생각이 추호도 없었다. 동원할 수 있는 아군이라면 최대한으로 동원하고자 했다. 특히 그 한 마리가 한 마리가 용아병 빈껍데기 수백 마리 이상을 감당할 수 있는 괴물이라면 더더욱 그랬다.

(크으으으으……!)

이안의 맹공은 상식을 넘어섰다.

본 드래곤의 예상 역시 넘어섰다.

'무한의 마나'란 그만큼 상식 밖의 힘이었다.

프란 페이지조차 갖지 못했던 힘 아니겠는가?

(이노오오옴……!)

본 드래곤의 분노가 절정으로 치달았다.

밟으면 찢길 줄만 알았던 어린 새싹.

그 인간 따위에게 고전을 면치 못하다니?

[아타르 하카!]

이는 자존심이 용납하지 않았다. 본 드래곤의 주변으로 큼직한 검은색 불꽃 수백 덩이가 피어났다. 아타르 하카, 이안도 사용할 수 있는 '언어의 힘'이었다.

(뼛가루조차 남겨주지 않으리라!)

그 수백 덩이의 검은 불꽃이 한곳으로 작렬되었다. 표적은 오직 하나, 이안 페이지였다. 제아무리 이안이라도 검은 불꽃 수백 덩이를 견뎌낼 보호막 주문이란 존재하지 않을 터.

"아이스 블록."

한데도 이안의 선택은 보호막이었다. 다만 본래의 보호막 주문과는 본질적으로 달랐다. 이안의 보호막은 술자를 지켜주지 않았다. 대신 불꽃보다도 많은 수의 얼음 방패가 하늘을 수놓았다.

뿐이랴? 겹겹이 쌓여 검은 불꽃을 하나씩 전담하기에 이르렀다.

(뭣이……?)

수백 덩이의 불꽃이 허무하게 시들어 버렸다.

생성된 자리로부터 얼마 벗어나지도 못했다.

그 대처에 본 드래곤조차 할 말을 잃었다.

"블링크."

바로 지금이 기회였다.

이안의 마법은 쉴 새가 없었다.

어느새 본 드래곤의 등뼈로 이동했다.

오래전부터 준비해 왔던 회심의 주문.

바로 그 마법을 불어넣기 위함이었다.

"이레이즈 매직."

이안은 시간의 보고 속 드래곤의 정신체를 상대하며 한 가지 깨달은 바가 있었는데, 바로 이 드래곤이란 족속들은 권능과 상관없이 너무 단단했다. 기본적으로 뼈와 가죽 자체에 엄청난 마법 저항력이 동반되어 있다는 거다.

　우우우우우웅-!

　탁한 보랏빛의 마나가 본 드래곤의 등뼈를 타고 전신으로 뻗어 나갔다. 뼛속 깊숙하게 새겨진 마법 저항력이 제 기능을 잃어버리는 순간이었다.

　(……?)

　"내가 특별히."

　이레이즈 매직, 대상의 저항력을 무력화시키는 주문. 8클래스에 해당하는 주문이며, 전생에는 존재하지 않았던 주문이기도 했다. 그런데 어찌 사용할 수가 있느냐고?

　"너희들 생각하면서 만든 주문이야."

　간단했다. 이번 생에 창조시킨 따끈따끈한 주문이니까. 정확히 말하자면 드래곤의 정신체를 상대한 이후, 그 족속들을 조금 더 효율적으로 상대하고자 만들어낸 마법이었다.

　"몇 초 유지되진 않겠다만."

　본 드래곤이 당혹감에 물든 사이, 바닷물로부터 빚어진 대용량의 얼음덩이가 본 드래곤을 꽁꽁 묶었다. 놈의 육신과 함께 얼어붙어 버렸다는 얘기다. 물론 이조차도 본 드래곤의 힘이라면 몇 초 버티지 못하겠으나.

"충분하지."

이레이즈 매직의 지속시간은 10초 남짓.

붙잡은 얼음의 한계 역시 비슷한 상황.

그 안으로 끝장을 내볼 요량이었다.

"익스팅션 언데드."

익스팅션 언데드(Extinction Undead).

기존 '턴 언데드' 주문보다 진보된 마법.

아주 맑고 깨끗한 회색빛 기운의 마나가 본 드래곤의 전신을 휘감았다. 평소였다면 씨알조차 먹히지 않았겠으나, 지금 이 순간만큼은 달랐다.

(크어어어어어어-!)

놈의 입에서 비명 소리가 터졌다.

이는 명백한 고통의 증거였다.

(무, 무슨 짓을……! 대체 무슨……!)

정말 궁금해서 묻는 것이 아니었다. 최후의 발악과도 같은 포효였다. 인간의 마법 따위에 당해 버렸다는 현실을 결코 인정할 수가 없었다. 심지어 그 상대는 최초의 마법사조차 아니다. 언어의 힘마저 능숙하지 못한 새싹에 불과할 뿐. 분명 그럴 텐데…….

"말했잖아."

인정하지 못하는 본 드래곤.

그런 놈에게 이안이 속삭였다.

"오늘 죽진 않을 거라고."

(이, 이노오오옴……!)

딱 거기까지였다. 뼈로 이루어진 본 드래곤의 몸뚱이가, 그 엄청난 양의 뼛조각들이 사방에 흩어졌다. 마치 우박처럼 두드리는 섬과 바다 위로 우수수 떨어지기 시작했다.

"후우……."

이안이 그 광경을 지그시 바라봤다.

긴장으로 가빠졌던 호흡부터 안정시켰다.

"음?"

그때 기이한 물체가 이안, 그리고 장인들의 시선을 사로잡았다. 그것은 본 드래곤의 육신 깊숙한 곳으로부터 떨어져 나온 '핵,' 혹은 '심장'처럼 보였다.

쿠우웅-!

그 물체가 섬으로 떨어졌다. 생각보다 육중하고 단단한 물체였다. 제법 높은 거리를 추락했음에도 흠집 하나 생기지 않았다. 인간의 장기와는 질적으로 달랐다.

"뭐지……?"

장인들이 그 물체가 떨어진 곳으로 몰려들었다. 그들은 도망치거나 숨지 않았다. 이안과 본 드래곤의 싸움을 있는 그대로 지켜봤다. 애당초 죽음에 대한 두려움이 남아 있지 않았으니까. 오히려 전투의 여파로 죽을 수만 있다면 행복할 지경이리라.

"서, 설마 이건……."

그중 가장 지대한 관심을 보이는 쪽은 보석세공사 데니스였다. 매사에 냉소적이고 조용한 성격의 소유자라 하지 않았던가? 그런 성정의 소유자조차 목소리를 떨었다.

"드래곤……."

여타 생물체의 심장과는 다르다. 그 자체로 가장 완벽한 보석이자 어마어마한 마력을 지닌 마석, 아티팩트의 재료로서 유일무이한 가능성을 자랑하는 전설적인 재료.

"……하트?"

드래곤 하트.

이른바 '용의 심장.'

그 신비의 물체가 두드리는 섬 한복판에 덩그러니 떨어져 박혔다.

10장
용의 심장

"용의 심장이라니요?"

가볍게 착지한 이안이 물었다.

그 질문의 대상은 장인들 전체였다.

"저희도 처음 접해보는지라……."

섬에 모인 다섯 명의 장인들.

그중 연장자인 베르톨도가 나섰다.

이리저리 만지며 상태부터 살폈다.

"으음……!"

다른 장인들도 마찬가지였다.

저마다의 방법으로 물체를 다뤘다.

소문으로만 접했던 물건이라 그럴까?

갓난아기라도 다루는 듯 조심스러웠다.

"심장, 맞는 것 같지?"

"우웅, 아직 확신할 수는 없지만요."

"이거 봐. 스스로 마나를 저장한다고."

얼마나 용의 심장을 다루었을까?

장인들이 한마디씩 의견을 표했다.

경이롭고 놀랍다는 반응이 주류였다.

"다들 비켜봐. 해볼 게 있어."

오직 단 한 사람.

대장장이 할리아만이 한 발자국 빠져 있었다.

그녀는 어느새 자신의 걸작, 보검을 들고 왔다.

그러더니 모두에게 물러나기를 요청했다.

"할리아, 뭘 하려고……?"

"실험 좀 해보게."

"실험?"

할리아는 더 이상 대답하지 않았다.

대신 들고 온 보검을 하늘 높이 들어 올렸다.

"정말 용의 심장이라면…….

동시에 있는 힘껏 내리치기 시작했다.

그 목표물은 명백한 용의 심장이었다.

"아무런 문제도 없겠지!"

무식하면서도 그럴듯한 이유와 함께.

카아앙-!

할리아의 보검이 용의 심장을 내리쳤다.

결과는 지극히 놀라우면서도 당연했다.

내리쳐진 장검만 허공으로 튕겨 나갔다.

용의 심장은 흠집조차 생기지 않았다.

"으읏……!"

튕겨 나간 여파에 휘청거렸던 할리아.

그녀의 관심은 심장이 아니었다.

자신의 걸작인 보검만 살펴봤다.

"좋아. 완벽해."

그러더니 만족한 듯 고개를 끄덕였다.

용의 심장과 부딪쳐도 멀쩡한 보검.

과연 자신이 만들어낸 걸작다웠다.

"뭐, 그건 용의 심장 맞네."

"어떤 근거로 확신을 하는가?"

할리아의 말에 베르톨도가 물었다.

"내 보검으로 내리쳐도 흠집 하나 없잖아?"

"으음……."

"단단함으로만 따지자면, 아다만트 이상이란 얘기라고."

아다만트.

모든 대장장이가 꿈꾸는 광물의 이름.

흔히들 '완전무결의 광물'이라고도 불린다.

한데 그 아다만트마저 뛰어넘는 강도란다.

"아다만트 정도는 이 검으로 쪼갤 수 있거든."

자랑스러움으로 가득한 할리아의 목소리.

그 발언에 모두의 시선이 장검으로 향했다.

무려 아다만트를 갈라버리는 날붙이라니?

"대단한 아이를 만들었구먼."

"흥, 이 정도야 기본이지."

베르톨도의 칭찬에 할리아가 콧방귀를 꼈다.

그러면서도 만족한 듯 입꼬리가 올라갔다.

"그깟 단단함 따위……."

그때, 보석세공사 데니스가 중얼거렸다.

그는 아까부터 용의 심장을 어루만졌다.

두 눈에 차오른 황홀함이 인상적이었다.

"자네들은 지금 본질을 놓치고 있어."

데니스의 말에 장인들이 미간을 좁혔다.

모두가 장인으로서 정점의 존재 아니던가?

그런 존재들이 지금 본질을 놓치고 있단다.

자존심을 건드는 일갈이나 마찬가지였다.

"어떤 본질을 말하는 겐가?"

그러한 분위기를 읽은 베르톨도.

그가 한발 먼저 데니스에게 물었다.

작금의 분위기를 중재시키기 위함이었다.

"눈이 달렸으면 자세히 보라고."

"아까부터 보고는 있네만."

"자태가 느껴지지 않나?"

"확실히 마나를 생성하고 저장하는⋯⋯."

"아니, 그딴 거 말고."

"하면⋯⋯."

"보이는 그대로의 자태 말일세."

"으음, 글쎄⋯⋯."

용의 심장으로 추정되는 물체.

그것은 큼지막한 '구'의 형태였다.

스스로 마나를 만들고, 저장시켰다.

더불어 잡티 한 점 없이 검기도 했다.

분명 대단하고도 신비로운 물건이었다.

하나 그 이외의 무언가는 보이지 않았다.

"잘 모르겠네만⋯⋯."

"검은색이지 않은가?"

"⋯⋯검은색?"

"그것도 광택 한 점 없는 검은색 말일세!"

진지하게 들었던 베르톨도가 침묵했다.

할리아와 제르비오도 고개를 저었다.

클레반만 여전히 눈을 껌뻑거렸다.

"이토록 깔끔한 무광의 보석이라니!"

보석세공술의 장인 데니스.

그는 '무광'의 보석을 선호했다.

"이걸로 조각은 할 수 있을까요?"

이후로도 장인들의 관찰은 계속되었다. 먼저 클레반이 조각 정과 망치로 용의 심장을 두들겨봤다. 물론 조각의 재료로 사용될 가능성은 제로에 수렴했다. 아다만트보다 강력한 강도의 물체가 아니던가? 조각은커녕 그 어떤 가공도 어려울 터.

"목재가 아니고서야……."

목수 제르비오 역시 고개를 갸웃거렸다. 그의 눈에는 단지 새까만 덩어리에 불과했다. 어찌 써먹어야 하는지 감조차 잡을 수 없었다. 목공의 재료로 쓰이는 일은 평생 없을 것 같았다.

"자넨 어때?"

"나도 마찬가질세."

제르비오의 물음에 베르톨도가 대답했다.

그 또한 재봉기술의 장인일 뿐.

실과 바늘, 비단이면 모를까.

용의 심장은 처음이었다.

"감도 잡히지 않아."

자체적으로 마나를 생성하는 건 알겠다. 심장 내부에 그 마나가 축적되는 것도 알겠다. 아다만트보다 단단한 물체임 또한 확인되었다. 실로 어마어마한 물건이 확실하다. 문제는 이 튼튼하고 큼직한 데다가 무겁기까지 한 구체를 어찌 '활용'하느냐다.

"이 물건은 아무래도…….."

잠시 고민에 빠졌던 베르톨도.

그가 천천히 말문을 이어갔다.

"그 친구가 살펴줘야 할 것 같구먼."

베르톨도가 누군가를 언급했다.

아직 돌아오지 않은 세 명의 장인.

그중 한 명을 얘기하는 모양새였다.

"확실히 그 친구라면…….."

"그놈이 무슨 장인이라고! 기술공에 불과하지."

"지금 스람 아저씨 말씀하시는 거 맞죠?"

데니스를 제외한 장인들이 말했다.

또한, 클레반이 결정타를 날려줬다.

이안 역시 익숙한 이름이 들려왔다.

"스람이라고 하셨습니까?"

"네? 아, 네. 맞아요! 스람 아저씨."

그린리버 제국 제일의 마도 공학 공방.

이안이 통신구를 구매했던 '스람 공방.'

그곳 공방주의 이름이 스람 아니던가?

'그러고 보니…….'

스람에 대한 첫인상이 떠올랐다.

보기 드문 흑발의 사나이였다.

두드리는 섬의 장인들처럼 말이다.

'전생에는 분명 늙기도 했었는데.'

이번 생이 아닌 전생.

당시 봤던 스람은 분명 늙어갔다.

영생의 삶을 사는 자가 늙는다고?

'위장을 했을 수도 있겠지.'

깊게 생각할 거리는 아니었다.

이들 역시 마법사와 비슷한 존재.

그렇게 보일 방법이야 많지 않겠는가?

"그 스람이란 분께서는 성확히 어떤······'?"

"우리와는 분야가 좀 다른 양반이오."

이안의 물음에 베르톨도가 대답했다.

"한 분야에 국한되지 않았지. 우리들 사이에서는 '발명가'
라 불리곤 했소."

"발명가는 얼어 죽을! 기술공이라니까! 기술공!"

할리아의 말을 가볍게 무시한 베르톨도.

더욱 확신을 주는 이야기가 펼쳐졌다.

"스스로는 '공학자'라 불리길 원하는 친구였소만."

"공학자 말씀이십니까?"

"그렇다오. 마도 공학자라고도 하지."

마도 공학자 스람.

그의 정체는 확실한 것 같았다.

이안이 자신 있게 말문을 열었다.

"그분이라면 제가⋯⋯."

바로 그때였다.

우우우우웅−!

두드리는 섬의 신전, 걸작들이 보관된 신전 한가운데로 작은 포탈이 열렸다. 요란한 소리 덕분에 모두가 알아챌 수 있었다. 이안이 경계의 날을 바짝 세웠다. 하나 나머지 장인들은 그러지 않았다.

"오."

장인들에게는 익숙한 포탈이었다.

그들 또한 저 포탈을 타고 왔으니까.

이안과 클레반만 제외한다면 말이다.

"누가 오는 겁니까?"

"아, 후손분께서는 모르시겠군."

베르톨도가 품에서 작은 책을 꺼냈다.

장인들이 하나씩 나눠 가진 아티팩트.

이안도 잘 아는 포탈의 서책이었다.

"우리는 언제나 섬으로 돌아올 수 있소."

"하지만 클레반 님은⋯⋯."

"잃어버린 것 같다고 하더군."

클레반에게는 포탈의 아티팩트가 없었다.

오랜 세월 방황하며 잃어버렸음이 분명하리라.

"혹시나 해서 와봤더니만."

포탈 속으로부터 나타난 남자.

그가 고개를 끄덕이며 읊조렸다.

어느 정도 예상했다는 말투였다.

"역시나."

이안의 추측이 정확하게 맞아떨어졌다.

여덟 장인 중 하나, 공학자이자 발명가.

그는 바로 스람 공방의 공방주, '스람'이었다.

"요 근래 드래곤에 관한 소문이 돌더니만."

스람 공방의 공방주, 스람은 첫인사 대신 중얼거렸던 그대로 '혹시나 해서' 와봤다. 다른 장인들이 반응했던 화이트 드래곤에 관한 소문, 그 소문은 이미 접했다. 물론 그때까지만 해도 돌아올 생각은 하지 않았다. 더는 죽음을 갈망하지 않았으니까.

"하다 하다 이제는 도시에 용아병 놈까지 싸돌아다니더군. 이거 원 불안해서 살 수가 있어야지. 수백 년을 조용하더니만 왜 이제 와서 난리야?"

문제는 그의 안락한 터전이었던 그린리버디움까지 드래곤

의 여파가 미쳤다는 거다. 장인들은 드래곤의 권속들을 대략적이나마 알고 있었다.

"상아탑주, 당신이 프란 님의 후손일 거라고는 진즉에 예상하고 있었소. 확신만 못했을 뿐이지. 흔하긴 해도 페이지라는 성씨, 인간의 범주를 벗어난 마법적 재능. 그 머리칼까지 판박이더군. 외모만 좀 떨어졌다면 확신할 수 있었을 텐데……."

스람이 선뜻 돌아오지 않았던 이유.

죽음의 갈망조차 사라져 버린 이유.

그 까닭은 간단하면서도 흥미로웠다.

"뭐, 그래 봐야 아는 척은 하지 않았을게요. 섬으로 돌아오지도 않았을 거고. 내가 요즘 살아가는 재미를 찾았거든. 벌써 죽어버리기엔 아깝단 얘기지. 아직 천 년은 일러."

"무슨 재미를 찾으셨나?"

스람의 말에 베르톨도가 질문했다.

진심으로 궁금하다는 표정이었다.

"표현하기가 좀 그런데. 음…… 그러니까 인류의 문명을 내 손으로, 다분히 의도적으로 발전시키는 재미? 아주 조금씩, 탈 나지 않게 말이야. 이 정도면 이해할 수 있겠나?"

'스람'이 새롭게 찾아낸 재미.

그것은 인류문명의 발전이었다.

급진적이지 않을 정도로 조금씩만.

"신제품이랍시고 하나씩 툭툭 던져주는 거지. 너무 앞서 나가면 여러모로 피곤해질 테니까, 적당히 눈치도 좀 봐가면서 말이지. 예를 들자면 여기 상아탑주님 앞에서 벌벌 떨기도 했었고."

"실례가 많았습니다."

이안은 당시의 스람이 떠올랐다. 상대가 고위 마법사임을 알고 당황했던 그 모습 말이다. 설마 그게 연기였을 줄이야, 이제는 거의 7년 전의 일이었다. 세월 한번 빨랐다.

"그것도 다 자네니까 가능한 여흥 아니겠나? 우리야 백날 바느질하고, 망치질하고, 톱질하는 게 전부인데."

재봉사 베르톨도가 어렵다는 듯 중얼거렸다.

"아니지. 자네들은 아직도 최고의 장인들 아닌가? 하려고만 한다면 뭔들 못할까. 베르톨도, 한계를 두지 말게."

스람은 베르톨도에게 듣기 좋은 말을 해줬고.

"맞는 얘기야. 내가 마음먹고 군대 하나 지원해 봐. 무기며 갑옷까지 싹 다 갈아주는 거지. 왕이라는 놈마다 울부짖는 대륙 일통, 그 정도야 순식간 아니겠어?"

대장장이 할리아는 인정했다.

"그렇다면 나도 이번 사업으로 문명을……."

"아직도 사업 타령인가? 질리지도 않는군."

"잔소리라면 이미 베르톨도한테 들었어!"

아무래도 목수 제르비오는 장인들 사이에서 '동네북'으로 통하는 모양이었다. 베르톨도한테 한동안 잔소리를 듣더니만, 이제는 스람에게 듣기 시작했다. 덩치는 태산과도 같은 작자가 동네북이라니. 덩칫값이 아까웠다.

'생각보다 말들이 많네.'

오래간만에 만나서 그렇겠지.

이안이 인내심을 발휘하며 기다렸다.

그 기다림의 연속이 얼마나 흘렀을까?

이윽고 본론에 나설 순간이 찾아왔다.

"이게 정말 용의 심장이란 소린가?"

"그렇게들 추측하고 있네만."

첫 번째 본론은 바로 용의 심장. 대략적인 설명을 들은 스람이 새까만 구체, 용의 심장으로 가까이 다가갔다. 다른 장인들과는 관찰의 방식이 사뭇 달랐다.

"어디 보자."

그는 먼저 기이한 물건 하나를 꺼냈다. 원통 앞부분에 수정구가 박힌 물건이었는데, 마나를 주입 시키자 수정구로부터 빛이 뿜어지기 시작했다. 그 빛의 방향은 직선이었다.

"호오라……."

원통의 수정구를 심장에 비춰본 스람.

조금은 묘한 감탄사가 흘러나왔다.

"이건 마치……."

모두의 이목이 스람에게 집중되었다.

"마도 공학의 산물 같군."

마도 공학의 산물.

뜻밖의 결론이 나왔다.

모두가 의구심을 느꼈다.

"마도 공학의 산물?"

"그게 뭐예요?"

"무슨 소리야?"

"알아듣게 설명해 봐."

"……."

너도나도 한마디씩 묻는 장인들.

가끼스로 침묵을 지켜낸 이안이었다.

하마터면 분위기에 휩쓸려 질문할 뻔했다.

"복잡한 마나 회로가 표면부터 내부까지 곳곳에 새겨져 있어. 그러니까 육신의 장기라기보다는, 마도 공학품의 이론에 더 가깝단 얘기지."

용의 심장이 마도 공학품에 가깝다?

누군가 인위적으로 만들었다는 걸까?

"확신할 수 있는가?"

재봉사 베르톨도의 물음에.

"확신하네."

공학자 스람이 단언했다.

한 치의 망설임도 없었다.

"다만, 인간이 만들었다고는 확신하기 힘들군."

"그건 또 무슨 소리지?"

"말 그대로, 이런 건 나도 못 만들어. 따지자면 무한동력 아닌가? 자네들도 기술자니까 이상이 하나씩 있겠지. 무한 동력은 우리 공학자들의 이상이나 마찬가지야."

무한동력. 그것은 베르톨도가 만들어준 로브의 힘, '무한 대의 마나'와는 달랐다. 무한대의 마나란 단지 이안의 심장 속 마나 하트를 보조하고 변형시킨 결과에 불과했다. 다른 아티팩트들 역시 마찬가지였다. 하지만 이 용의 심장은 그렇지 않았다.

"재창조의 영역이란 거지."

심장 속 깊숙한 곳에 숨겨진 장기.

아주 극소수만 타고 나는 신비의 핵.

'마나 하트' 그 자체를 복제시켰단 뜻이다.

본질적으로 전혀 다른 원리의 산물이란 거다.

"으음, 과연……."

장인들도 조금은 진지해졌다. 더는 단단함이나 무광 따위를 언급하지 않았다. 그들도 보조와 변형의 영역과 재창조의 영역이 얼마나 다른지를 뼈저리게 인지하고 있었으니까.

"이 심장이 소유자가 누구지? 자네들인가? 아니면 상아탑 주, 프란 님의 후손 되시는 분이신가?"

그 물음에 모두가 이안을 바라봤다.

이안의 전리품이라는 뜻이었다.

"상아탑주, 부탁 하나만 하겠소."

"들어보죠."

"이 용의 심장, 내게 맡겨주셨으면 하오."

충분히 예상했던 요청.

준비해 둔 대답 역시 존재했다.

"세 가지 조건이 있습니다."

"어떤 조건이든 만족시켜 드리겠소."

"먼저, 다른 장인분들의 허락이 필요합니다."

이안의 조건에 스람이 다른 장인들을 바라봤다. 그들도 딱히 반발하지는 않았다. 보석세공사 데니스와 대장장이 할리아가 아쉽다는 눈빛을 보이긴 했지만, 눈빛에서 그쳤다.

"두 번째 조건은 결과물입니다. 물론 한계를 둘 생각은 없습니다. 직접적이든 간접적이든, 제가 이익을 볼 수 있는 방향의 결과물이어야 합니다. 무슨 뜻인지 아시겠습니까?"

"당연한 말씀이오."

이안은 용의 심장을 다룰 기술이 없다. 그렇지 않아도 장인 중 누군가에게 맡기고자 했다. 다만 선을 그어둘 필요가 있었다. 두 번째 조건은 바로 그 '줄긋기'였다.

"그리고 마지막 조건은……."

이안이 신전 안쪽으로 고개를 돌렸다.

아직 걸작이 보관 중인 용용이들.

그 세 개 남은 조각상을 바라봤다.

"저기 보관 중인 스람 님의 걸작을 원합니다."

재봉사 베르톨도의 로브.

목수 제르비오의 지팡이.

보석세공사 데니스의 귀걸이.

대장장이 할리아의 보검.

조각가 클레반의 용용이들.

그 뒤를 이어갈 스람의 걸작.

세 번째 조건은 바로 그것이었다.

"어렵지 않소. 어차피 프란 님께 드리고자 했던 물건, 그 후손께 드리는 것도 그림이 살겠지."

드래곤 조각상 앞으로 다가간 스람.

그가 조각상에 마나를 불어넣었다.

그러자 걸작이 제 모습을 드러냈다.

"자, 받으시오."

11장
도시 복구, 그리고 강화

스람이 남긴 걸작.

그것들은 하나가 아닌 둘이었다.

먼저 첫 번째, 그것은 지팡이라 로브, 귀걸이처럼 몸에 착용할 수 있는 물건이 아닌 것 같았다. 스람이 용의 심장을 살펴보며 꺼냈던 물건과 일정 부분 비슷했다.

"아까 사용하셨던……?"

"아, 그거랑은 다르오. 내가 썼던 놈은 투시용 광선이고."

그리 말하며 아까 사용했던 원통의 수정구부터 발동시킨 스람. 직선적인 빛줄기가 이안의 육신을 비췄다. 그러자 이안의 속살, 심지어 뼈와 장기까지 적나라하게 비치기 시작했다. 이른바 '투시용 광선'. 스람이 말했던 표현 그대로였다.

"이런 거야 후손분도 가능하실 테고."

물론 이안으로서는 그다지 필요한 도구도, 대단한 능력도 아니었다. 먼저 '투시'라는 능력 자체의 활용도가 일천하거니와, 비슷한 효과를 낼 수 있는 투시 마법이 마법사에게도 존재했다.

"대신 이놈이 재미난 물건인데."

원통 끄트머리의 수정구에서 푸른 빛줄기가 쏘아졌다. 그 대상은 이번에도 이안이었다. 또한, 놀라운 현상이 펼쳐졌다. 이안으로서도 매우 당혹스러운 결과였다.

"이름은 난쟁이 광선."

그 명칭과 효과가 정확하게 일치했다.

이안의 몸이 눈 깜짝할 새 작아졌으니까.

절반 크기를 넘어 평범한 성인의 발목까지.

나아가 성인의 주먹 크기로 줄어들어 버렸다.

"이게 무슨……."

이안의 입장에서는 세상 전체가 커져 버린 거나 마찬가지였다. 물론 찰나만 그렇게 느꼈을 뿐, 곧 상황을 파악할 수 있었다. 작아진 것은 바로 자신, 그것도 엄청나게 작아졌다.

"반대쪽 하얀 수정구로 비춰주면."

마법 중에도 대상을 이토록 작게 만드는 주문이란 존재하지 않았다. 물론 이안이 개발해내고자 한다면 불가능하지도 않을 테지만, 제법 오랜 시간과 정신력을 소모할 터.

"바로 원상복구가 되지."

이번에는 반대쪽 수정구가 이안을 비췄다. 그러자 작아졌던 육신이 본래대로 돌아왔다. 조금 더 커지거나 덜 커지지도 않았다. '원상복구'라는 표현이 딱 맞아떨어졌다.

"……말씀처럼 재미난 물건이긴 하네요."

이안이 고개를 끄덕이며 중얼거렸다.

끝부분에 한마디 더 첨언 하기도 했다.

"어떻게 활용할지는 모르겠습니다만."

"그야 상상력에 달린 문제 아니겠소? 나는 이 광선 덕분에 세밀한 작업이 가능해졌지. 뭐 후손분께서야 그쪽으로는 필요하지 않겠소만, 한번 잘 생각해 보시구려. 부작용은 없다고 자부할 수 있으니까."

상상력에 달린 문제라.

잠시 고민에 빠졌던 이안.

'가만.'

이윽고 한 가지를 떠올려냈다.

떠올랐다면 바로 확인해 봐야겠지.

"자, 이제 두 번째 녀석을 설명해 드리자면……."

"지금 써보아도 되겠습니까?"

"음?"

"그 난쟁이 광선 말이죠."

이안의 요청에 스람이 고개를 끄덕였다.

"마나를 주입하면 되는 겁니까?"

"그렇게도 사용할 수 있지."

총 두 개의 수정구가 달린 원통.

일명 '난쟁이 광선'을 받아든 이안.

그가 장인들을 바라보며 물었다.

"잠시 도와주시겠습니까?"

"갑자기 무엇을 하시려고……."

"실험해 볼 것이 좀 있습니다만."

갑자기 무슨 실험이란 말인가?

장인들 모두가 망설이는 그때.

"제가 도와드릴게요! 제가!"

클레반이 쾌활한 어조로 나섰다.

"뭘 어떻게 하면 되나요?"

"간단합니다. 우선."

이안이 난쟁이 광선을 발동시켰다. 그 대상은 기억이 온전 치 못한 꼬마 조각가, 클레반이었다. 가뜩이나 작았던 몸뚱 이가 이제는 쥐방울만해졌다. 그 작은 크기에 순진무구한 외 모까지 더해지니 제법 앙증맞았다. 자연스럽기도 자연스러 웠다.

"여기로 한번 들어가 보시겠습니까?"

'여기'란 바로 아공간 주머니.

그 안쪽으로 통하는 주둥이였다.

주머니 속으로 들어가란 얘기였다.

"넵! 그럴게요!"

이안의 요청에 클레반은 일말의 의심조차 없이 아공간 주머니 쪽으로 접근했다. 정확히는 이안의 손바닥 위에 올라타 주머니 앞까지 배달되었다.

"우와아!"

아공간 주머니의 내부는 현실 세상과 전혀 다른 광경이 펼쳐져 있었다. 밤하늘에 수많은 별이 반짝거리는 형국이었는데, 풍경의 수준으로만 놓고 보자면 상당한 절경이었다.

"그럼 들어갈게요!"

이안의 손바닥 위에서 폴짝 뛰어내린 클레반.

그 작아진 몸뚱이가 주머니로 빨려 들어갔다.

"흐음."

이안은 클레반이 들어가자마자 아공간 주머니의 주둥이를 묶었다. 그러더니 평소처럼 허리춤에 매단 채 한동안 움직였다. 텔레포트와 블링크 주문으로 짧은 거리를 이동하기도 했고, 허공에 붕 떠올랐다가 착지하기도 해봤다.

"이쯤 됐으면……."

시간이 얼마나 지났을까?

다시금 아공간 주머니를 꺼낸 이안.

풀어진 주둥이 속으로 손을 넣었다.

보관 중인 물건을 꺼낼 때와 같았다.

"클레반 님. 가능하시면 손 위로 올라오십시오."

대신 물건을 잡고 꺼낼 때처럼 손까지 휘적거리지는 않았다. 다만 주머니 안쪽으로 나지막하게 중얼거릴 뿐이었다.

"꺼내 드리겠습니다."

손에 올라타는 촉감이 느껴졌다.

그대로 넣었던 손을 쏙 꺼내 올렸다.

역시나 손바닥 위에 클레반이 있었다.

"어떠셨습니까?"

"되게 신기해요!"

클레반이 신난 듯 대답했다.

제법 괜찮은 경험이었던 모양이다.

"일단 몸이 막 둥둥 떠다니고요. 우음. 다른 물건들도 떠다니던데…… 너무 멀어서 가까이 가보진 못했어요. 숨도 쉴 수 있고, 아, 후손님이 하시는 말씀도 잘 들렸어요. 손도 잘 보였고요."

안에서 보고 느낀 점들을 쏟아내기 시작한 클레반. 아공간 주머니 내부에서는 물리적인 법칙이 다르게 적용되는 모양새였다. 추측만이 전부였는데, 이제야 확실해졌다.

'이제 어지간한 물건은 다 넣을 수 있겠군.'

아공간 주머니의 단점.

그것은 바로 주둥이의 넓이였다.

일단 안으로만 들어간다면 크기는 상관없다. 단지 접어 넣을 때가 문제다. 주머니의 표면상 크기는 주먹 네 개 정도가 합쳐진 크기, 주둥이 또한 그만큼의 넓이를 가졌다.

'주둥이보다 넓으면 보관 자체가 불가능했으니까.'

폭이 좁아 쑥 들어가는 지팡이, 혹은 의복처럼 구겨서 넣을 수 있는 물건이라면 문제가 되지 않는다. 하지만 어떤 방향과 방식으로 넣어도 주둥이의 크기보다 커다란 물건들.

'예를 들어 용의 심장.'

저 큼직한 검은색 구체, '용의 심장'처럼 형태가 확실하고 커다란 물건은 넣기가 불가능했다. 불과 방금까지만 해도 그랬다. 하나 이제부터는 아니리라.

'거기다 숨도 쉴 수 있고, 다른 물건과 접촉도 힘들다면.'

수많은 사람까지 손쉽게, 그리고 안전하게 이동시킬 수 있다.

'보호하기도 편하겠고.'

생각보다 연계되는 활용법이 많았다.

천천히 고민해 보면 더욱 무궁무진할 터.

"감사히 받겠습니다."

"별말씀을."

이안이 스람에게 감사를 건넸다.

클레반 역시 원상 복구시켜 줬다.

"그럼 두 번째 걸작의 설명도 듣고 싶군요."

"오, 이거야말로 걸작이라 말할 수 있지."

두 번째 걸작을 소개하기 시작한 스람.

그 말처럼 자신만만한 어조가 느껴졌다.

"붐 스틱이라는 물건이오."

"붐 스틱? 그게 뭡니까?"

'붐 스틱'이란 이름의 물건은 큰 각도로 휘어진 부메랑 형태와 비슷했다. 앞으로 구멍 뚫린 원통이 달렸으며, 뒤로는 손잡이처럼 제작된 두툼한 쇳덩이가 돋아났다.

"내가 지어준 이름이지."

다만 난쟁이 광선이나 투시 광선처럼 수정구가 붙진 않았다. 애초에 수정구를 부착할 정도로 큼직한 원통도 아니었다. 해봐야 손가락 두 개보다 조금 더 굵은 정도였으니까.

"먼저 이 구슬을 끼어놓고……."

붐 스틱과 함께 딸려 나온 구슬.

남색의 빛깔을 가진 구슬이었다.

"아, 구슬이 아니라 저장기요. 마나 저장기."

"그렇게 작은 저장기도 있었습니까?"

"아직 세상에는 선보이지 않았소. 이래 보여도 저장량이 3클래스거든. 족히 십 년은 더 지나야 공개할 법한 저장기지. 지금은 너무 일러."

이안은 놀랄 수밖에 없었다. 그 옛날 자신이 고위 마법사로 등극하면서 깨뜨렸던 4클래스 저장기를 떠올려보라, 크기가 얼마나 컸던가? 한데 이 조그마한 구슬 따위가 3클래스 상당의 마나를 저장할 수 있다고?

'엄청나군.'

현재의 마도 공학을 훨씬 앞서나갔다.

'오버 테크놀로지'라는 표현의 표본이리라.

"자, 계속 보시오. 여기에 이 저장기 구슬을 끼우고, 원통 끝으로 표적을 겨누는 거요. 그리고 여기 달린 이 고리, 그러니까 격발 쇠를 당겨주면……."

부메랑 형태의 쇳덩이.

이른바 '붐 스틱'의 손잡이를 잡은 스람.

그가 곡선 부분의 고리에 검지를 걸었다.

그리고는 아무도 없는 공간으로 겨누었다.

피슝!

스람의 검지가 고리를 당기는 순간, 약간의 소음과 함께 마법이 펼쳐졌다. 갑자기 무슨 마법이냐고? 당연한 표현이었다. 원통으로부터 1클래스에 해당하는 마법 '매직 미사일' 한 구가 빠른 속도로 쏘아졌으니 말이다.

"연사도 가능하다오."

스람이 자랑스레 말하며 격발 쇠를 연타로 당겼다. 그러자 매직 미사일 역시 그 횟수에 해당하는 만큼 발포되기 시작했다. 심지어 보통의 매직 미사일보다 위력적이고 빨랐다.

"어떻소?"

"저장기로 발동되는 물건이라면, 마나를 갖지 못한 사람들도 사용할 수 있는 물건입니까? 평범한 사람들 말이죠."

"물론."

이안이 붐 스틱을 건네받았다.

다른 방향으로 대단한 물건이었다.

'비록 나한테는 크게 필요하지 않겠지만.'

이안은 8클래스 대마법사다. 무한대의 마나까지 갖게 되었다. 매직 미사일이 쏟아지는 물건이라고 해봐야 어디에 쓰겠는가? 하나 사용자가 바뀐다면 얘기가 달라진다.

"이 붐 스틱, 혹시 대량생산도 가능하십니까?"

"대량생산?"

의외의 물음에 갸웃거렸던 스랑.

곧 질문을 이해하더니 대답했다.

"가능은 하나, 그럴 생각은 추호도 없소."

"그러시군요. 무슨 말씀이신지 알겠습니다."

"이해가 빠르시군."

이안은 굳이 이유를 묻지 않았다.

한 번에 알아들을 수 있었으니까.

'시기가 이른 물건이겠지.'

현재의 마도 공학을 앞서나간 물건.

붐 스틱은 그중에도 최상이었다.

아직 시기상조라는 얘기였다.

"단."

이안이 순순히 포기하는 그때.

첨언을 달아두는 스람이었다.

"이 세대의 기술자. 그러니까 나 말고, 이 섬의 장인들도 제외하고, 또 존재할지는 모르겠지만, 우리처럼 특별한 혜택을 받은 존재가 아닌, 말 그대로 현세대의 기술자. 그런 자가 원리를 파악해낸다면, 해서 모방이나마 할 수 있다면…… 그로 인한 생산은 허용토록 하겠소. 성능의 강화도 마찬가지요."

뜻밖의 허락이었다.

많은 의미가 내포된 허락이기도 했다.

"알겠습니다."

이안이 고개를 끄덕거렸다.

비록 가능할지는 모르겠으나.

'분명 천재는 존재할 테니까.'

마법의 이안.

무예의 올리버.

연금술의 더글라스.

모두가 현세대의 존재다.

마도 공학의 천재 역시 존재하지 말란 법은 없으리라.

"조건을 모두 이행하셨으니, 약속대로 심장의 연구 권한을 드리겠습니다."

이안의 확답에 스람이 용의 심장을 바라봤다.

보면 볼수록 신비롭고도 대단한 물건이었다.

"내 다른 친구들처럼 후손 분께 딱 맞는 물건을 만들어 드리리다, 그런 장담은 드리지 못하겠소. 다만."

한 박자 쉬었던 스람.

그가 문장을 완성했다.

"프란 님께 드렸던 장담을 그대로 해드리겠소. 재미난 놈을 하나 만들어 드리지. 물론 어떠한 방식으로든 후손 분께 도움이 되는 선에서 말이오."

"기대하고 있겠습니다."

수만 용아병이 남긴 상처, 도시 곳곳에 새겨진 그 상처들은 생각보다 빠르게 회복되어갔다. 회복세의 명약은 바로 이안 페이지, 바로 그가 펼쳤던 '마법'과 '이름'의 가치였다.

"도시 전체가 입은 피해의 규모에 비례한다면, 인명피해는 극히 일부라 표현할 수 있을 정도로 미미합니다. 다행스럽게도 말이지요. 이 모든 것이 황태자 전하께서 직접 백성들을……."

황제와 황태자에게 올라오는 보고처럼, 인명피해가 짐작 이상으로 미미했다. 이는 이안의 마법이 상당수 적용된 지표였다.

수만 마리 용아병을 단숨에 토벌시킨 저력, 나아가 백성 하나하나에 배리어 주문까지 걸어준 결과가 아니겠는가?

"다행은 아니지."

"소, 소인이 실언을……! 송구하옵니다!"

"자네가 송구할 일도 아니야."

또한 이안의 이름.

그 이름값 역시 대단했다.

수도는 제국의 심장이나 다름없다.

그 수도의 성벽이 허물어졌을 정도다.

그럼에도 아무런 움직임조차 없었다.

타국이든, 제국 내 불순한 세력이든.

"폐하, 공국 사절단이 국경을 넘었다는 보고입니다."

"벌써 말인가? 서신을 받은 지가 며칠 전이거늘."

전운이 감돌기는커녕 오히려 지원행렬만 줄을 섰다. 도시 복구와 관련된 물자는 물론 인부들까지 파견해 주기에 이르렀으니까. 이유는 간단했다. 도시가 입은 타격보다도 그 타격을 단번에 수습해버린 마법사, '이안 페이지'란 이름 자체에 전쟁 억제력이 생겨 버린 까닭이었다. 지금은 알아서 기는 것만이 상책이리라.

"하이든, 사절단을 맞이해보겠느냐?"

"황자들을 보내주십시오. 소자는 도시에 남도록 하겠나이다."

"특별한 까닭이라도 있는 것이냐?"

"하이리와 페이지 부인의 일을 지원하고 싶습니다."

"으음……."

도시의 빠른 회복에는 이안이 공주로부터 모색했던 사유재산의 환원, 지금은 '페이지 재단'이라 명명된 공주 하이리와 베네사 페이지의 활약도 컸다. 그들은 당장 수도 내 백성들이 처한 문제부터 개선했다. 황태자 역시 직접 나서기를 선호했다.

"다른 황자들을 보내주십시오. 아바마마."

"외교의 업무 또한 중히 여겨야 한다."

"너무 많은 것을……."

황제의 말에 황태자가 대답했다.

"욕심내지 않기로 했습니다."

"무슨 뜻이지?"

"천천히 걷고자 합니다."

천천히 걷는 것.

그것이 황태자의 방침이었다.

자신에게 내림 방침 말이다.

"소자의 능력은 아직 협소할 뿐입니다. 그것을 인정하기로 했습니다. 언젠가는 아바마마처럼 많은 분야에 걸쳐 전문가가 되어야 마땅하나, 지금은 소자가 할 수 있는 일에 온 힘을 다하고, 맡길 수 있는 일은 능히 해낼 수 있는 자에게 맡기고자 합니다."

그 말에 황제의 눈이 일순간 번쩍거렸다.

지금 이 말을 황태자가 내뱉었단 말인가?

자신의 장남이자 늘 걱정거리였던 아들.

제국의 황태자, 하이든 그린리버가?

'놀랍구나.'

자신의 부족함을 인정한다.

전문가에게 업무를 맡긴다.

결코 나쁘지 않은 방침이다.

'사람만 제대로 쓴다는 조건에 말이지.'

이내 고개를 끄덕거린 황제.

그가 너그러이 웃으며 말했다.

"허면 당장 가보아라. 이런 시국일수록 백성의 삶 속에 녹아드는 것도 성군의 업무이자, 아주 값비싼 경험으로 돌아올 터이니."

"하오시면 소자, 물러가 보겠나이다."

"음."

이윽고 황태자 하이든이 집무실을 빠져나왔다. 그러자 바곁에서 대기 중이었던 올리버가 재빨리 따라붙었다. 언제나 그랬듯 일정한 거리와 함께 황태자의 뒤를 따랐다.

"휴우!"

집무실로부터 멀어진 황태자.

그가 참았던 숨을 힘껏 내쉬었다.

그러더니 올리버에게 중얼거렸다.

"단장! 자네도 봤어야 하는데, 아바마마께서 날 어떤 눈빛으로 보셨는지 말이야! 내 인생을 전부 통틀어서 그토록 흡족하신 눈빛은 처음이셨다니깐?"

"경하드리옵니다."

"하긴, 내가 요새 철 좀 들긴 했지."

"그것은……."

"응? 왜?"

"……아무것도 아니옵니다."

대충 얼버무린 올리버가 미소를 머금었다. 본인의 입으로 직접 철이 들었다니, 그거야말로 덜 들었다는 증거겠다만. 아직 덜 들었으면 또 어떠하겠는가? 중요한 것은 자신의 주군이, 지도자로서 가장 긍정적인 길을 나아가고 있단 사실이리라.

'부디 그 걸음, 한순간도 멈추지 마시길.'

신하된 자로서 간곡한 염원과 함께.

황태자의 뒤를 따르는 올리버였다.

제국력 509년.

얼마 남지 않았던 해가 넘어갔다.

이안 페이지의 나이 올해로 19세.

"에이, 그래도 너무 과장 아니야?"

그 19살 청년에 관한 소문은 날이 갈수록 불어났다.

심지어 불어난 대다수가 사실이기도 했다.

기존의 마법사들조차 상대하기 버거웠던 뼈 괴물 수만 마리를 한순간에 전멸시킨 대마법사, 심지어 소문의 화이트 드래곤까지 타고 나타난 장본인.

그것이 바로 현재의 '이안 페이지'였다.

"과장이 아니라니까 자꾸 그러네? 우리 매형께서 그 뭐냐, 수도 통신 역참 경비병 아니신가? 엉? 다른 건 몰라도 옆 동네들 소문만큼은 그냥 꽉! 틀어쥐고 있는 양반 아니겠어?"

상식을 넘다 못해 찢어버린 대마법사. 백색의 용마저 탈것처럼 다루는 존재.

심지어 나이가 고작 19살이란다.

영웅담을 다룬 책도 이러지는 않는다. 그럴듯해야 서책도 팔리는 법.

하여 로 공국과 콜드우드 제국의 백성들.

그 평범한 이들의 생각은 반반으로 갈렸다.

"그것도 다 부풀려진 정보겠지. 대단한 마법사인 건 인정해. 벌써 몇 년째 듣고 있는 얘기니까. 그런데 뭐? 용을 타? 번개를 수만 갈래 떨어뜨려? 이 사람아, 우리 막내 애가 보는 이야기책도 그딴 얘기는 안 써. 유행이 지났다고."

이안에 관한 소문을 믿지 않는 이가 절반.

"아이고! 글쎄 그거 아니라니까! 높으신 분들만 주고받는 연락책인데 허언이 있겠어? 엉? 모가지 날아갈 일 있는가?"

무언가 듣고 맹신하는 이들이 절반이었다.

타국이 아닌 그린리버 제국의 백성, 그중에서도 수도 그린리버디움과 가까이 사는 자가 아니라면 대부분 그럴 수밖에 없으리라.

"저기, 제가 이번에 듣기로는……."

소란스러운 이곳은 콜드우드 제국의 어떤 선술집. 손님들의 얘기를 가만히 듣고 있었던 주인장이 조심스레 나섰다.

무언가 알고 있는 눈치였다.

"포이언 상단이라고. 그 이안 페이지와 아주 긴밀한 친분 관계에 놓인 상단이 있습니다만, 거기서 전속으로 마부 일하시는 분께서 저희 단골로 계십니다. 그분께서 며칠 전에 귀띔해 주시길……."

나름 젊은 축에 속하는 주인장, 그가 까칠한 콧수염을 뽐내며 읊조렸다.

그러자 어느새 수많은 이목이 쏠리기 시작했다. 순식간에 선술집 내 모든 손님이 주인장의 말에 귀를 기울였다.

　"전부 다, 사실이라고 하더군요."

　"들었지? 지금 주인장 말 들었지?"

　"에이! 아무리 그래도 그건 좀……."

　이마저도 절반씩 나누어지는 가운데.

　곧 사람들의 생각이 다른 곳을 향했다.

　사실이라면, 모든 소문이 사실이라면…….

　"근데 있잖아. 만약에 소문이 다 사실이라고 쳐. 정말로 그런 괴물딱지가 그린리버 제국에 있다면 말이지. 우린 어떻게 되는 거야? 응? 그린리버 쪽으로 망명이라도 해야 하나?"

　삼국이 팽팽하게 경계 중인 형국.

　그 대륙의 만사가 어떻게 되는 걸까?

　"그린리버 쪽에서 갑자기 대륙 일통이니 나발이니 하겠답시고 나서봐. 그냥 싹 다 뒈지는 거 아니냐 이거지! 안 그래?"

　선술집 남자들의 대화 주제는 자연스레 '전쟁' 쪽으로 돌아갔다. 그럴 수밖에 없었다. 오래 지속되는 평화란 존재하지 않는다. 오랜 역사가 그렇게 증명해 주고 있었으니까.

　"그야 뭐, 높으신 분들이 다 알아서 하시겠지. 저번에도 무슨 지원이니 위로니 하면서 물자에 인부들까지 가져다 바친 거, 그 꼴을 보고도 모르겠나? 자고로 이 전쟁이란, 할 만한 상대끼리 나는 게야. 한쪽이 이길 만하다 싶으면! 다른 한쪽은 버틸 만하다 싶으니까 터지는 게 전쟁이라고."

나름 정세를 읽어낼 줄 아는 중년 손님.

그가 모두에게 설교하듯 중얼거렸다.

"근데 손짓 한 번으로 대륙을 일통시킬 마법사가 존재한다? 그럼 이제 알아서 그쪽으로 기는 거지. 신하국이니 뭐니, 어떻게든 유지라도 하는 거라고. 적어도 그 마법사가 죽기 전까지는 말이야. 무슨 말인지 이해가 좀 되시나들?"

"그럼 그 소문도 다 사실인가 보구먼? 윗분들이 그렇게 바리바리 싸 들고 달려간 거 보면 말이여. 안 그런가?"

"그럴 가능성이 크지."

"허어……."

비단 이 자그마한 선술집만이 아니었다.

지금 대륙은 어느 도시, 어느 영지를 가도 이안과 관련된, 혹은 이안으로부터 파생된 이야기가 대다수였다. 마치 대륙적 유행과도 같았다.

"그게 다 사실이라고? 드래곤까지?"

"자, 작금의 보고사항을 종합해 보자면……."

"사실인가 아닌가! 그것만 얘기하라!"

"사실인 것으로 추정, 아니, 확신하옵니다. 전하."

이 대륙적인 유행은 각국의 귀족과 관료들, 그리고 지도자급 인물들에게 더더욱 충격적인 일이었다.

이안 페이지가 대단한 마법사임이야 오래전부터 알고 있었다. 그들도 눈과 귀가 있고, 산하에 수많은 정보조직이 있으니까.

하지만 설마 그 정도였다니? 이젠 하다 하다 전설 속 드래곤까지 부린다고?

"허허허……."

그 중 이안 페이지에 관련된 보고로부터 가장 민감한 반응을 보이는 존재, 콜드우드 제국의 황태자이자 실질적인 통수권자 '헥토르 콜드우드'가 헛웃음을 쳤다.

"그놈이 정말 드래곤, 아니, 신이라도 된다는 건가?"

"소, 송구하옵니다."

헥토르도 이미 알고는 있었다.

다만 지금까진 추측에 불과했다. 하여 계속해서 조사를 진행했다.

오늘로 몇 달째 진행되었던 조사.

그리고 확인 작업 끝에 결론이 났다. 그 허무맹랑한 소문은 모두 사실이다.

조금의 오차조차 없을 정도로 완벽히.

"그런 놈이 나를 감시하고 있다고……?"

"……."

"그런 존재가 내 생사를 쥐고 있다고……?"

"저, 전하, 심기를 가라앉히셔야……."

"아아아아악!"

헥토르 콜드우드가 고함을 질렀다.

동시에 놓여있던 테이블마저 엎어버렸다.

와장창하는 소리가 집무실을 가득 울렸다.

"전하!"

"나가!"

"이럴 때일수록 심기를 굳건히 하셔야……."

"나가라는 말, 안 들려?"

이내 칼까지 뽑아 든 헥토르 콜드우드. 그가 보고를 올렸던 신하에게 중얼거렸다.

목소리마저 음울하게 내리깔렸다.

"네놈도 내가 우습냐? 그놈처럼?"

"그, 그럴 리가 있겠사옵니까?"

"그럼 나가. 거기서 날 쳐다보지 말고 나가라고!"

"하, 하오시면 소인은 이만 물러가 보겠습니다!"

보고를 올렸던 신하가 황급히 빠져나갔다.

계속 있다간 목이 달아날 것 같았으니까.

"젠장, 젠장, 젠자아아앙⋯⋯!"

헥토르가 고통스러운 듯 신음했다.

자신의 처지를 이해할 수가 없었다.

어쩌다가 이런 꼴이 되어버린 걸까? 도대체 어디서부터 고쳐야 할까? 무얼 어떻게 바꿔야 할까?

"대체⋯⋯ 대체 뭘 어쩌하라고!"

성공 가도만을 달려왔던 인생이었다.

잘못된 선택은 고작 한 번에 불과했다.

섣불리 전쟁을 일으키고자 했던 선택. 설마 그 선택이 이토록 치명적일 줄이야.

하필 천 년에 한 번 나올까 말까 한 '괴물'.

그 괴물의 이빨에 물려 버렸을 줄이야!

"크흐흐⋯⋯!"

콜드우드 제국의 철혈 황태자 헥토르. 그의 광증이 갈수록 심해지고 있었다.

해가 넘어가기 불과 며칠 전.

그린리버 제국의 황제 테리 그린리버. 그는 이안에게 큰 상을 내려주고 싶었다.

'구국 영웅'에 걸맞은 대우를 주고자 했다.

"송구하오나, 상은 받지 않겠습니다."

하나 그 상은 오히려 이안이 되돌렸다.

황제 테리 그린리버가 의아함을 느꼈다.

"어째서? 내 이런 말을 하는 것이 실례가 될지도 모르겠네만, 짐이 아는 이안 페이지는 상을 거절한 적이 결단코 없었네. 오히려 좋아하는 편이지. 그래서 더 좋아했거든. 솔직한 친구니까."

농담인 듯 농담 아닌 황제의 말.

당연히 그럴 만도 했다. 이안은 언제나 상을 마다치 않았으니까.

예의상의 거설조차 해본 바가 없는 인물 아니겠는가? 그런 이안이 상을 거절한다? 필시 어떠한 까닭이 존재할 터.

"특별한 이유가 있는 것은 아닙니다."

이안에게도 '양심'이란 게 있다.

없을 것 같지만, 놀랍게도 존재한다.

이번 일은 전적으로 이안의 책임이다. 이안을 노리고 침공해 온 존재였으니까.

'애초에 내가 없었다면.'

그 어떤 피해도 일어나지 않았으리라.

그러하거늘 어떻게 구국 영웅의 대우. 나아가 큰 상까지 넙죽 받아먹겠는가?

'아무리 나라도 그건 좀……'

피해자들에게 속죄하며 살아야 할 터. 다만 그 사실을 황제에게 고할 순 없다.

조금 더 그럴싸한 이유가 필요하겠지.

"소인의 솔직함이 마음에 드셨다니, 솔직하게 답변을 올려도 되겠사옵니까? 조금 건방지게 느껴지실 수도 있습니다."

"그 자신감 넘치는 건방짐도 자네의 매력이지. 가진바 일신의 능력에 합당하기도 하고. 어디 한번 말해보게나."

황제는 확실히 난 사람이었다. 보통 이안의 힘과 입지가 이쯤 된다면 눈치라도 보기 시작할 텐데, 예나 지금이나 대우에 달라진 점이 없었다.

비록 속내까지 어떨지는 알 수 없으나, 적어도 표면적인 면만 살핀다면 대단한 담력의 사나이였다.

"아무리 토지를 받고 재물을 받아봐야 쓸 곳이 없습니다. 결국, 공주마마와 어머니께서 운영 중이신 페이지 재단을 통해 제국으로 환원되겠지요. 그리 거추장스럽게 자금이 유통될 바에는 그냥 황실에서 직접 하시는 편이 모양새로 보나, 시간이나 인력소모로 보나 올바르지 않겠습니까?"

토지는 있어 봐야 쓸모없다.

재물이야 아직도 차고 넘친다.

줘봤자 써먹기만 귀찮을 뿐이다.

이안의 대답을 요약하자면 그랬다.

"그럴싸한 명예직도 함께 내릴까 했는데."

"그 또한 다를 바가 없습니다."

"무슨 뜻이지?"

"이 제국에서."

잠시 말문을 멈췄던 이안.

그가 맑은 눈빛으로 말했다.

"황실 아래 그 어떤 명예직이 상아탑주의 자리보다 높은 곳에 있겠습니까? 대단한 명예직을 하사받아봐야, 어디 가서 소인의 소개를 하기만 거추장스러워질 뿐이겠지요."

"하하하하하!"

이안의 대답에 황제가 웃었다.

아주 호탕하고 큼지막한 웃음소리였다.

"짐이 미처 그 생각을 못 했소. 하긴, 전설 속 드래곤까지 부리시는 상아탑주께 명예직 따위가 무슨 소용이시겠소?"

일부러 반 존대를 사용하는 황제였다.

이안으로서 대할 때에는 평대를. 탑주로서 대할 때에는 반 존대를.

그것이 황제 테리의 방침이었다.

"받잡기 민망합니다."

"민망할 건 또 뭔가? 사실인데."

기분 좋게 읊조렸던 황제 테리. 잠시 탁자에 놓인 찻잔을 홀짝거렸다.

대화는 몇 초간 소강상태에 접어들었다.

"항상 고맙게 생각하고 있네."

그 침묵을 깨는 쪽은 황제였다.

황제는 다짜고짜 감사의 말을 표했다.

"자네가 이 나라를 여러 번 살렸어."

"마땅히 해야 할 일을 했을 뿐입니다."

"그 가식적인 대답도 언제나 고맙네."

그 가식조차 고맙다는 말.

황제의 말은 진심이었다.

이안이란 존재 자체가 고마웠다.

"아직 많이 부족하네만, 그래도 황태자가 제구실을 하기 시작한 것도 모두 자네 덕분이다. 자네를 만난 것이, 자네란 존재가 이 제국의 테두리 안에서 태어나준 것이 이 나라 역사를 통틀어 가장 큰 축복이다. 적어도 나는 그리 여기고 있어."

"그럴 리가요. 장차 성군으로 기록되실 황제 폐하의 올바른 치세야말로 진정한 축복이지요. 황태자 전하 역시 올바른 훈육과……."

"가식마저 고맙긴 하네만, 과한 것 같군."

"……물론 소인의 덕도 크다고 봅니다."

"하하!"

황제와 상아탑주.

제국의 일인자와 이인자.

두 사람의 대화가 제법 괜찮았다.

"으음, 그래도 상을 내리지 않는 것은 무리가 있네. 아주 간단한 문제야. 업을 쌓은 이에게는 상을 주고, 죄를 쌓은 이에는 벌을 내린다. 짐은 그 치세의 근본과도 같은 기둥이 흔들림을 원치 않아. 허니 말씀해 보게. 아주 소소한 것이라도 말일세."

작은 상이라도 내리고 싶은 황제.

그 요청에 이안이 잠시간 고민했다.

뭐라도 받긴 받아야 할 것 같은데.

"……하오시면."

"말해보게나."

마침 생각해 둔 바가 있긴 있었다.

'상'이라기보다는 일종의 '허가'였다.

"폐하께서 내려주신 저택을 확장하고 싶습니다."

"저택의 확장이라? 자세히 말해보라."

"본디 황실의 사가였던 저택이 아니옵니까? 그 목적에 따른 안전의 문제로 버려져 있는 공간이 생각보다 넉넉합니다."

이안 일가의 저택은 본래 황실의 사가였던 만큼, 일대의 손쉬운 경계를 위하여 상당 부분 빈 공터가 존재했다.

정원처럼 꾸며지긴 했으나, 사실상 버려진 공간이나 마찬가지였다.

"그 버려진 공간들을 연구실이나 재단의 사무실, 기타 여러 가지 방법으로 활용해 보고 싶습니다."

이안의 말은 결코 거짓이 아니었다.

다만 또 다른 진실을 빼뒀을 뿐.

'마침 장인들의 거처가 필요한 참이었는데.'

이안은 장인들을 도시로 부르고자 했다. 그 배경에는 여러 가지 까닭들이 있었다.

'곁에 두는 편이 지원하기도 쉽고, 뽑아먹기도 쉬워.'

물론 텔레포트 주문과 포탈, 아공간 주머니에 난쟁이 광선마저 있으나, 그래도 가까운 곳에 두는 편이 훨씬 편했다.

'무엇보다 그 섬에서 사는 것 자체가 문제야.'

죽음의 방도를 얻고자 흩어졌던 장인들.

그들이 다시금 두드리는 섬에서 산다? 그 사방으로 고립된 바다 한가운데서?

'죽음에 대한 갈망만 더 키우는 꼴이다.'

이안의 판단으로는 그랬다. 그들은 세상 밖으로 나와야 한다.

새로운 인연을 사귀며 조금이나마 치유하는 편이 옳다. 죽을 때 죽을지언정, 그전까지는 행복해야 하지 않겠는가?

'그래야 다른 아티팩트도 기대할 수 있겠지.'

결론은 장인들이 만들어낼 새로운 아티팩트, 바로 그것이었다. 이안의 생각이 그쯤 머물었을 때, 황제가 답변을 내놓았다.

"어려운 일도 아니지."

흔쾌한 대답이 돌아왔다.

몇 가지가 더 붙기도 했다.

"그 일대를 자네의 사유지로 내어주도록 하겠네."

"그렇게까지 해주실 필요는……."

"하면 상이 아니라 황명으로 해두지."

"……."

그린리버 제국의 수도 그린리버디움, 그 대도시 속 자그마한 명물이자 제국 문명을 본격적으로 만개시킨 '이안 페이지의 장원'은 바로 여기서부터 시작되었다.

도시의 복구는 어느덧 마무리 단계에 접어들었다.

타국과 여러 영지에서 보내온 인부들, 도시 내 제국군과 기사단, 그리고 이안과 상아탑의 마법까지 협업을 이룬 결과였다.

"탑주님. 이 물건들은 어디에 둘까요?"

"저쪽 대장간에 두시면 됩니다."

"이 묘목들은 어찌……?"

"그건 전부 목공소 마당에 두세요."

"두기만 해도 되는지요?"

"예. 책임자가 따로 있습니다."

그 무렵, 저택의 확장 및 증축 공사도 슬슬 마무리되어 갔다.

각각 여덟 장인의 작업소와 생활공간이 주된 확장영역이 었다.

아직 두 명의 장인이 오지 않았고, 공학자 스람은 본인의 공방을 쓴다곤 하나 그래도 빼먹을 수가 없어 모두 포함 했다.

"그럼 이 책들은?"

"그건 재단 사무실로……."

그 질문에 무의식적으로 대답하던 이안.

그가 질문자를 확인하고는 말을 바꿨다.

"……어머니, 왜 나와 계세요?"

"저기를 좀 보려무나."

어머니 베네사가 손짓으로 가리킨 곳. 그곳에는 공주 역시 짐을 옮기고 있었다.

전부 재단 사무실에 둘 짐짝이었다.

"마마께서도 하시는데!"

"저분은 생각보다 힘이 세요. 마법사잖아요."

"그건 그렇지만……."

책이 담긴 상자를 고쳐 잡는 베네사.

그만둘 생각이 없는 것 같았다.

"우리가 쓸 사무실이잖니. 직접 해야지."

"……그래도 쉬엄쉬엄하세요."

이안이 어쩔 수 없다는 듯 중얼거렸다. 동시에 몇 가지 보조마법을 걸어 드렸다.

근력과 체력을 강화시키는 주문이었다.

"음?"

한데 몇몇 주문이 먹혀들지 않았다. 정확히 따지자면 이미 걸려 있었다.

주로 4클래스 이하의 보조마법들.

'왜지?'

잠시 고개를 갸우뚱거렸던 이안, 그가 곧 누군가를 바라봤다. 저 멀리 짐을 든 채 뒤뚱거리는 공주 하이리의 뒷모습이었다. 아무래도 그녀가 어머니께 걸어준 보조마법인 듯했다.

'신경 좀 썼군.'

피식 웃었던 이안이 시선을 거뒀다. 천천히 주변 일대를 바라봤다. 단순한 개인의 저택이라 일컫기엔 너무 확장되어 버린 이곳은, 말 그대로 하나의 '장원'이나 마찬가지였다.

'장원이 완성되는 그 순간부터다.'

요 몇 달 사이, 이안은 크게 세 가지 계획을 세워뒀다. 여러 잔가지가 있긴 했으나, 충분히 압축시킬 수 있었다.

'먼저, 도시와 제국의 재난 방어력 강화.'

가장 급선무의 문제였다. 이번 사태는 전적으로 이안의 책임이 크다. 그렇다고 어디 산골에 틀어박혀 살아갈 수도 없는 노릇 아니겠는가? 홀몸이었다면 가능할지 몰라도, 이번 삶의 그에겐 가족과 사람들이 있다.

이 도시와 제국은 가족과 사람들의 집이며, 자신의 존재로 손해를 입은 몇몇 이들의 터전이기도 하다. 그렇기에 '재난 방어력'은 반드시 강화시켜야만 했다.

'장인들의 도움을 받는다면…….'

적어도 이번 사태와 비슷한 수준의 재난을 자체적으로 이겨내거나, 혹은 최대한 오래 버틸 수 있을 정도의 재난 방어력.

그 힘을 손에 넣기 위해서는 많은 것들이 필요할 터.

'많은 분야의 체질을 개선할 수 있다.'

상아탑, 기사단, 제국군으로 대변되는 제국의 3대 무력단체. 그들의 병장기와 여타 도구들을 눈에 띄게 진보시킬 수 있다.

어디 그뿐일까? 장인들의 정수가 담긴 여러 건축물과 성벽, 그리고 클레반의 움직이는 조각상까지 다양하다.

'붐 스틱 대량생산이 가능했다면 좋았을 텐데.'

공학자 스람에게 붐 스틱의 대량생산 여부를 물어본 까닭도 그래서였다.

가능하다면 엄청난 도움이 되었을 테니까.

'어쩔 수 없지.'

앞선 계획만으로도 충분한 질적 향상을 도모해 볼 수 있으리라. 어쩌면 진보가 아니라 진화의 수준일지도 모르겠다.

'이참에 상아탑 체계도 손을 봐야겠어.'

이미 새로운 마나 호흡법은 상아탑에 공개했다.

그러나 호흡법만 가지고는 큰 기대를 걸 수 없을 터. 몇 가지 근본적인 문제를 개선할 필요가 있었다. 특히 타 영지 5년 파견제의 삭제 및 변경, 아카데미 커리큘럼 수정 등 구상해 둔 바가 많았다.

'오늘 상아탑 의회에서 바꿀 문제들.'

오늘 밤으로 예정된 상아탑 의회.

총 두 가지 안건을 다룰 예정이었다.

이안이 구상해둔 상아탑의 제도들.

그리고.

'무허가 마법 계승자, 하이리 그린리버의 재판.'

상아탑주의 권한으로 '모든 소란이 안정된 뒤, 처리하겠노라' 공표되었던 문제, 바로 공주 하이리가 마법사였다는 사실, 그 배경에 대한 처분이 오늘 상아탑 의회에서 다루어질 차례였다.

'걱정이 없는 건가, 아니면 없는 척을 하는 건가.'

또 다른 짐을 옮기고자 돌아온 공주.

그녀와 이안의 눈이 잠시간 마주쳤다. 찰나였지만, 감정을 읽어볼 수 있었다.

'……긴장했군.'

하기야, 일국의 공주로 태어나 처음 받아보는 재판일 거다.

재판뿐만 아니라 참으로 많은 일이 생소하겠지. 분명 그럴지언데 긴장하지 않을 수가 있겠는가? 제아무리 대단한 강철 심장과 임기응변의 소유자라 해도 불가능하리라.

"……."

이안의 시선에 잠시 머뭇거렸던 공주 하이리. 그녀가 또 다른 짐을 든 채 페이지 사무실 쪽으로 놀아갔다. 아무래도 재판이 끝나기 전까지는 말 한마디 섞는 것조차 불가능해 보였다.

'생각할 시간이 필요하겠지.'

어깨를 으쓱거린 이안이 공주로부터 시선을 거두었다. 하늘도 바라봤다.

아직 밝다. 그리고 맑다. 상아탑 의회까지는 시간이 남았다. 해야 할 일을 마저 하기에 충분한 여유였다.

'오늘은 미리 해둬야겠군.'

그리 생각한 이안이 저택 안으로 들어섰다. 세 가지의 계획 중 '두 번째 계획'을 진행하기 위해서였다.

본디 밤마다 해왔던 일이지만, 오늘은 의회가 예정된 탓에 미리 해둘 요량이었다.

'용언서, 아니, 언어의 힘 연구.'

달리 말하자면 '완벽 정복'.

바로 그것이 두 번째 계획이었다.

장인들과의 약속은 물론 일신의 무력. 두 부분을 충족시켜 줄 수단 아니겠는가?

"신기하단 말이지."

서재로 돌아와 책을 펼친 이안.

그는 요 며칠 새로운 사실을 깨달았다.

바로 눈 앞에 펼쳐진 용언서의 내용. 언어의 힘에 관한 '이해력'이었다.

"따로 연구했던 것도 아닌데……."

최초의 마법사, 프란 페이지를 만났을 때.

황금용이었던 프란 페이지를 만났을 때.

얼마 전, 본 드래곤을 물리친 이후.

그럴 때마다 이해력이 깊어졌다.

언어의 힘에 관한 이해력.

읽고, 쓰고, 말하는 행위.

그 모든 것들이 트였다.

"흐음."

덕분에 지금은 책에 담긴 내용의 6할 이상을 읽어낼 수 있었다. 쓰기와 말하기 또한 가능했다. 전생에 머물렀던 이해력과 비교하자면, 실로 비교하기 힘든 발전이리라.

'문제는 여전히 마나지만.'

물론 마나의 '양'이 문제가 아니다.

이제부터는 마나의 '질'이 문제였다.

'설마 8클래스의 마나로도 한계가 클 줄은.'

현재 이안은 8클래스 상당의 마나 하트를 보유했다.

보석세공사 데니스의 걸작 귀걸이 덕에 육체적 전성기를 되찾았으니까. 근본적인 성장이 부족했던 마나 하트 또한 마찬가지였다. 문제는 이마저도 언어의 힘을 마음껏 쓰기가 힘들다는 점이었다.

'8클래스 이상, 이를테면 9클래스.'

감히 짐작조차 해볼 수 없는 단계.

결국, 그 세계로 입문해야만 했다.

'지금이 한계는 아니야.'

그렇다.

8클래스가 인간의 한계는 아닐 거다.

이미 그 전례가 존재하지 않던가?

'최초의 마법사'라는 존재 말이다.

'그 작자는 나보다 훨씬 강했다. 단지 그 이상의 벽을 뚫지 못해 용의 육신까지 노렸겠지. 즉 8클래스는 한계가 아니야.'

최초의 마법사는 인간의 육신만으로 드래곤과 필적한 경

지를 이뤄냈다.

이안 역시 불가능하란 법은 없다. 아직 포기할 단계가 아니라는 거다. 충분히 자력으로 넘어설 수 있을 터.

'나도 평범한 인간은 아니니까.'

드래곤이든, 최초의 마법사든. 그 존재들이 이안보다 뛰어난 것은 오직 하나, 기나긴 수명으로 축적된 경험밖에 없다.

적어도 이안의 생각으로는 그랬다.

'근데 내 수준으로 시간을 어떻게 되돌린 거지?'

이쯤 되니 그 부분도 의심이 갔다. 전생의 이안은 지금과 마찬가지로 8클래스였다.

한데 30년이란 세월을 언어의 힘으로 되돌려 버렸다. 그 엄청난 권능을 어찌 다룰 수 있었던 걸까?

'일회용 주문이라 가능했던 건가?'

당시 사용했던 언어의 힘, 황금용 일족의 언어라고 생각했던 그 힘은 용언서에서 지워졌다.

일회용 주문이었다는 얘기다. 아마 그 일회성과 함께 어떠한 작용이 있었을지도 모르겠다.

'……그 작자의 의도였을 지도 모르겠군.'

본 드래곤이 이안에게 했던 말.

어떻게든 잊고 지내고자 했던 말.

일부러 생각나지 않는 척했던 말.

그 말이 머릿속에 그려졌다.

그때나 지금이나 똑같았다.

여전히 확신할 수 없었다.

장담하기도 힘들었다.

"제기랄."

지금까지 모든 행보가 본인의 선택이었음을 확신할 수 있느냐는 물음, 프란 페이지의 개입이 조금도 없었음을 장담할 수 있느냐는 물음. 그 대답은 아직도 마찬가지였다.

'모르겠다.'

바로 그래서였다.

이안이 세운 세 가지 계획.

그중 마지막에 해당하는 계획.

최초의 마법사이자 골드 드래곤.

어쩌면 아버지일지도 모르는 존재.

모든 문제와 의구심의 마지막 퍼즐.

'프란 페이지, 그자를 찾는 것.'

솔직히 아버지라 칭하기는 힘들다. 기억이 없으며, 존재조차 특수하다. 평범한 아버지로 여기기는 어렵다.

그렇게 대하기도 불가능하겠지.

'아직 이렇다 할 방법은 없지만.'

어머니 베네사조차 프란 페이지에 관한 기억이 적었다. 조금 더 정확히 표현하자면 '남편'이었던 프란만을 기억했다.

그 이상의 무언가는 조금도 알지 못하는 것 같았다.

'조만간 만나게 되겠지.'

역시나 근거 없는 예감이었다.

한데도 이안은 그렇게 짐작했다.

벌써 두 번이나 만나지 않았던가?

환술 속 최초의 마법사로서.

그리고 황금색의 용으로서.

'만난다면, 무엇을 물어봐야 할까?'

자신의 아버지가 맞긴 맞느냐고?

대체 무슨 계획들을 꾸미고 있느냐고?

이안 자신에게 원하는 것이 무엇이느냐고?

'대답을 구한다면, 어떻게 해야 할까?'

자신조차 설득되는 계획이라면?

설득은커녕 반대의 경우라면?

그의 계획을 도와야 할까?

그의 계획을 막아야 할까?

혹은 방관해야 할까?

'역시 모르겠다.'

이안의 고개가 절레절레 저어졌다. 다시금 용언서에 정신을 쏟았다. 강제된 집중력이 발휘되었다.

수십 분을 지나 수 시간.

창밖은 어두워졌다.

똑똑!

얼마나 지났을까?

누군가 서재 문을 두들겼다.

페이지 일가의 저택에서 7년째 근무 중인 하녀 중 하나, 이제는 대규모 확장과 중축으로 늘어난 인력 덕에 하녀장으로 승격한 '에밀리'의 노크 소리였다.

"탑주님. 일러주셨던 시간이 다 되었습니다."

이안이 에밀리에게 일러둔 시간.

상아탑 의회에 참석할 시간이었다.

"아, 벌써 시간이 그렇게……."

이안이 어둑한 창밖을 돌아봤다.

요즘 들어, 참 빠르게 느껴졌다.

자꾸만 흘러가는 세월 말이다.

"고맙습니다. 계속 일 보세요."

자리를 털고 일어난 이안. 그가 옷장에 걸어둔 로브를 바라봤다. 하사받았던 '미첼 그린리버의 로브', 그리고 재봉사 베르톨도의 걸작 '이안 페이지의 로브'까지 총 두벌이었다.

'슬슬 반납하긴 해야 할 텐데…….'

미첼 그린리버의 로브는 본디 황실의 전유물이다.

미첼 그린리버가 남긴 유언이 바로 '황족 마법사'에게만 물려주라는 것이었으니까. 하여 대여의 형식으로 하사받았던 것이다.

"흐음."

이안은 고민 끝에 미첼 그린리버의 로브를 꺼냈다. 그러더니 차곡차곡 접어 아공간 주머니 속에 넣어버렸다. 제법 괜찮은 반납의 형식이 떠오른 모양새였다.

"가자."

걸어가기에는 시간이 촉박했다.

하여 텔레포트 주문을 읊조렸다.

새하얀 빛줄기가 이안을 삼켰다.

목적지는 상아탑의 회의장이었다.

이안이 도착한 그린리버 상아탑의 회의장.

이미 모든 고위 마법사가 착석해 있었다.

이안은 결코 늦게 도착하지 않았다. 오히려 일찌감치 도착한 편이었다.

그럼에도 '꼴찌참석'을 면치 못했다.

"오셨습니까. 상아탑주님."

중년의 고위 마법사 로난이 가장 먼저 이안을 발견했다. 물론 자리에서 일어나는 것도, 나이 차이가 무색할 정도의 예법을 차리며 인사하는 것도 누구보다 빨랐다.

"오, 오셨습니까. 상아탑주님."

그 뒤로 다른 이들의 인사가 이어졌다.

그들이 이토록 빠르게 참석한 이유. 대단한 이유가 있는 것은 아니었다.

단지 이안이 참석하는 회의니까.

그 이안은 빨리 오는 편이니까.

심지어 공간이동까지 하니까.

"일찍들 오셨네요? 제가 처음일 줄 알았는데."

이안의 가족들은 이안이 익숙하다. 황제 테리 그린리버는 특별한 경우다. 여덟 장인은 이안보다 더한 존재를 알고 있다. 하지만 그 외의 나머지, 세상 대부분을 차지하는 평범한 사람들에게 이안 페이지란 어떤 존재겠는가?

"약속은 지키라고 있는 거 아니겠습니까?"

"저는 이것저것 준비해 둘 게 많은지라⋯⋯."

"하하, 탑주님을 기다리게 만들 순 없지요."

존경과 두려움, 즉 경외심의 대상.

어쩌면 그 단어조차 초월해 버린 존재.

사람들에게 이안 페이지는 그러한 존재였다.

"그럼 좀 일찍 시작하도록 하죠."

아무것도 모르는 듯.

혹은 아무것도 모르는 척.

이안이 자신의 자리에 착석했다.

제국력 509년의 첫 상아탑 의회.

그 시작은 약속보다 조금 더 빨랐다.

to be continued